ESPOSOS PARA SIEMPRE
Andie Brock

Editado por Harlequin Ibérica.
Una división de HarperCollins Ibérica, S.A.
Núñez de Balboa, 56
28001 Madrid

© 2018 Andrea Brock
© 2018 Harlequin Ibérica, una división de HarperCollins Ibérica, S.A.
Esposos para siempre, n.º 2668 - 12.12.18
Título original: Vieri's Convenient Vows
Publicada originalmente por Harlequin Enterprises, Ltd.

I.S.B.N.: 978-84-9188-992-2
Depósito legal: M-32222-2018
Impresión en CPI (Barcelona)
Fecha impresion para Argentina: 10.6.19
Distribuidor exclusivo para España: LOGISTA
Distribuidor para México: Distibuidora Intermex, S.A. de C.V.
Distribuidores para Argentina: Interior, DGP, S.A. Alvarado 2118.
Cap. Fed./Buenos Aires y Gran Buenos Aires, VACCARO HNOS.

AUG = 2019

Capítulo 1

HARPER McDonald dirigió la mirada a la pista de baile abarrotada de gente. Ella no había ido allí para bailar, sino para encontrar a su hermana. Bajó las escaleras y empezó a bordear la pista. Alguien tenía que saber qué le había pasado a Leah. Sin embargo, apenas había dado unos pasos cuando algo le impidió seguir avanzando. Soltó un chillido de terror al sentir que la agarraban por ambos brazos con tal fuerza, que sintió como sus pies se levantaban unos centímetros del suelo.

—¡Suéltenme! ¡Bájenme ahora mismo!

Frenética, giró la cabeza a un lado y a otro y vio a dos gigantones trajeados, sobre cuyos rostros, anchos e impasibles, arrojaban sombras los focos de colores, dándoles un aspecto inquietante. Intentó zafarse, pero solo consiguió que la sujetaran con más fuerza y el pánico la invadió.

—¡Les digo que me suelten! —les exigió de nuevo, chillando y pataleando—. ¡Me hacen daño!

—Entonces, deja de resistirte.

Aquellas bestias se abrieron paso entre la gente que, para espanto de Harper, se apartaba sin hacer el más mínimo gesto por ayudarla. Luchó como pudo contra la histeria que se estaba apoderando de ella.

Aquellos tipos no la llevaban hacia la salida, sino Dios sabía a dónde, y una ristra de aterradores escenarios cruzaron por su mente: rapto, asesinato, violación... Y entonces la asaltó el peor temor de todos: ¿sería aquello lo que le había ocurrido a Leah?

Empezó a patalear de nuevo con todas sus fuerzas.

–¡Si no me sueltan inmediatamente, chillaré hasta reventarles los tímpanos!

–No te lo aconsejo –le gruñó uno de los tipos–. Si yo fuera tú, estaría calladita. No esperarías irte de rositas después de lo que has hecho... Montar un escándalo no te servirá de nada.

¿Después de lo que había hecho? ¿Qué había hecho? ¿Podría ser que supieran que había entrado sin invitación? La verdad era que le había sorprendido lo fácil que le había resultado, teniendo en cuenta que era un club nocturno que solo permitía la entrada a socios.

Se había acercado al portero con idea de explicarle para qué había ido allí, dispuesta incluso a suplicarle de rodillas si fuera necesario, pero no había hecho falta explicación alguna. El tipo se había hecho a un lado y la había dejado pasar con un ademán, diciéndole con sorna: «¡Qué detalle por tu parte, volverte a dejar caer por aquí!».

Era evidente que la había confundido con Leah, y probablemente aquellos matones también. La última vez que había tenido noticias de su hermana gemela había sido hacía más de un mes, cuando la había llamado borracha, de madrugada, porque nunca tenía la delicadeza de pensar en la diferencia horaria entre Nueva York y Escocia. A Harper le había costado entender qué estaba diciéndole: algo de que había conocido a un hombre que iba a hacerla rica, y que ni su padre ni ellas tendrían que volver a preocuparse por el dinero.

Y luego no había vuelto a saber nada de ella. A medida que pasaban las semanas, su inquietud había ido en aumento, y no había dudado en tirar de su tarjeta de crédito para volar a Nueva York y hacer una visita a aquel club nocturno en el corazón de Manhattan, el Spectrum, donde Leah había estado trabajando de camarera desde que abandonara Escocia, seis meses atrás.

Aquellas dos bestias la metieron por una puerta oculta tras el escenario, y atravesaron un pasillo oscuro tan estrecho que tuvieron que hacerlo en fila india, uno delante de ella y otro detrás para que no pudiera escapar. Subieron un tramo de escaleras mal iluminado y llegaron a una puerta. Uno llamó con los nudillos mientras el otro la sujetaba.

—Adelante —contestó una voz.

El tipo que la agarraba la empujó dentro. Era un pequeño despacho. Sentado tras una mesa, un hombre de pelo negro tecleaba en un ordenador portátil. Detrás de él había una ventana alargada, de forma rectangular, a través de la cual se veía la pista del club, en el piso de abajo, donde la masa de gente seguía bailando.

—Gracias, muchachos —le dijo a los gorilas sin levantar la vista—. Podéis iros.

Los dos tipos salieron sin hacer ruido, cerrando tras de sí.

Harper paseó la mirada por la habitación para ver si tenía forma alguna de escapar. Debía estar insonorizada, porque había un silencio casi absoluto, y ahora, en vez de la vibración de la música, solo oía el

suave ruido de las teclas y el eco de los rápidos latidos de su corazón en los oídos.

–De modo que nuestra fugitiva ha vuelto –murmuró el hombre, aún sin mirarla.

–¡No!, ha habido un malentendido... –se apresuró
a explicarle Harper.

–Ahórrate las excusas –la cortó él, cerrando finalmente el portátil. Cuando se puso de pie y vio lo alto
que era, Harper tragó saliva–. No me interesan.

Fue sin prisa hasta la puerta detrás de Harper, que
lo oyó girar una llave en la cerradura antes de que se
la guardara en el bolsillo y volviera a rodear la mesa.

–¿Qué... qué está haciendo?

–¿A ti qué te parece? –le espetó él, deteniéndose
junto a su sillón–: asegurarme de que no escapes. Otra
vez.

–No, se equivoca... –lo intentó Harper de nuevo–.
Yo no soy...

–Siéntate –le ordenó él bruscamente, señalándole la
silla frente a la mesa–. No compliques más las cosas.

Vacilante, Harper obedeció. Su captor se sentó
también y, cuando por fin la miró, su glacial compostura se desvaneció: sus ojos relampagueaban y su
rostro se había contraído de ira.

¿Pero qué diablos...? Furioso, Vieri Romano apretó
la mandíbula. ¡Se habían equivocado de persona!
Apretó los puños, lleno de frustración. La joven que
tenía ante él se parecía a Leah McDonald, y hablaba
como Leah McDonald, con ese cantarín acento escocés, pero era evidente que no era Leah McDonald.

Maldijo para sus adentros y se pasó una mano por el pelo mientras escrutaba su rostro. Desde luego el parecido era innegable, debían ser gemelas, pero había algunas diferencias sutiles como la nariz, un poco más larga, y también el cabello, que le caía sobre los hombros en unas suaves ondas naturales en comparación con el de Leah, que tenía unos rizos más marcados.

Pero, a pesar incluso de esas diferencias, ya solo por su actitud, debería haber sabido que no era Leah. La joven ante él tenía una expresión seria y decidida. Además, no veía en ella la confianza en sí misma que demostraba Leah, ni la coquetería a la que, sin duda, aquella habría recurrido para intentar eludir su culpa. Leah era consciente de sus encantos y sabía cómo emplearlos, mientras que a su hermana parecía incomodarla su escrutinio: tenía los brazos en torno al cuerpo, como si quisiera cubrirse y parecía estar intentando fulminarlo con la mirada. Le recordaba a un animal acorralado, pero a uno que no se dejaría apresar sin luchar.

Se frotó la barbilla pensativo, analizando aquel giro en los acontecimientos. Quizá fueran cómplices. No le extrañaría en absoluto. Quizá Leah había enviado a su hermana para que se hiciera pasar por ella. Podría ser que fueran tan tontas como para pensar que lo engañarían. Aunque «tonta» no era la palabra que usaría para describir a la joven sentada frente a él.

Había algo en ella que sugería de hecho lo contrario, que era muy inteligente. En cualquier caso, tal vez podría conducirlo hasta la traidora de su hermana.

—¿Cómo se llama? —le preguntó con aspereza.

–Harper. Harper McDonald –contestó ella, removiéndose en su asiento. Y al ver que él no decía nada, levantó la barbilla, como desafiante, y le preguntó–: ¿Y usted?

–Vieri Romano; dueño de este club nocturno.

Ella se quedó mirándolo boquiabierta, y luego frunció los labios.

–Pues en ese caso me gustaría presentar una reclamación por el modo en que me han tratado. No tiene ningún derecho a...

–¿Dónde está su hermana, señorita McDonald? –la cortó él, alzando la voz.

Ella se mordió el labio.

–No lo sé –respondió. Había pánico en su voz–. Por eso he venido, para intentar encontrarla. No sé nada de ella desde hace más de un mes.

Vieri apartó la vista de sus seductores labios y soltó un gruñido burlón.

–Vaya, pues ya somos dos.

–Entonces... ¿no está aquí? –inquirió ella, visiblemente alterada–. ¿Ha dejado su trabajo?

–Se marchó. Con nuestro gerente, Max Rodríguez.

–¿Que se marchó?

–Sí. Desaparecieron sin dejar rastro.

–¡Ay, Dios! –Harper se aferró con manos temblorosas al borde de la mesa–. ¿Y dónde han podido ir?

Vieri se encogió de hombros y la observó atentamente para ver su reacción.

–¿No tiene ni idea de dónde puede estar? –insistió ella.

–Aún no –respondió, tomando unos papeles de su mesa y colocándolos en una pila–. Pero estoy dispuesto a averiguarlo. Y, cuando la encuentre, sus problemas no habrán hecho más que empezar.

—¿Qué... qué quiere decir? —inquirió Harper, mirándolo con unos ojos como platos.

—Quiero decir que no me gusta que mis empleados se esfumen. Y menos aún llevándose quince mil dólares.

—¿Quince mil dólares? —exclamó ella, llevándose las manos a la boca—. ¿Quiere decir que Leah y ese tal Max le han robado?

—Su hermana y yo habíamos llegado a un acuerdo, o eso creía yo. Cometí el error de pagarle la primera mitad por adelantado y ha huido con el dinero.

—No puede ser... ¡Dios mío, cuánto lo siento!

Parecía aturdida por la noticia, lo bastante como para convencerlo de que no sabía nada del asunto, pero observó con curiosidad que no había hecho siquiera intención de cuestionar los hechos.

—Y ella también lo sentirá cuando la encuentre, se lo aseguro.

Aunque culpaba a Leah por su engaño, era sobre todo consigo mismo con quien estaba furioso. ¿Cómo podía haber sido tan estúpido como para creerse la lacrimógena historia que le había contado y haberle pagado la mitad por adelantado? Todo eso de que necesitaba el dinero para mandárselo a su familia porque su padre estaba atravesando dificultades y podría perder su trabajo...

Había sido como una bofetada para él. No por los quince mil dólares, eso le importaba un comino, sino porque él, un reputado hombre de negocios, admirado y temido en el mundo empresarial, había sido engañado como un tonto. Por una mujer. Algo que se había jurado que jamás le volvería a pasar.

No, el problema era que Leah McDonald lo había pillado con la guardia baja porque estaba pasando por un mal momento. Y lo que entonces le había parecido una buena idea, la solución ideal, de hecho, lo había hecho salir trasquilado.

Una noche había estado allí, en el club, bebiendo, porque había sentido la necesidad, algo poco habitual en él, de ahogar las penas en alcohol tras la mala noticia que había recibido unas horas antes. Había sido Leah quien había atendido su mesa.

Y, probablemente por los efectos del alcohol, la invitó a sentarse con él y le habló de su padrino, Alfonso, el hombre que significaba más para él que cualquier otra persona en el mundo. Le contó que había recibido un e-mail de él esa mañana confirmando sus peores temores: se estaba muriendo. Era solo cuestión de tiempo.

Se encontró relatándole la última vez que lo había visitado, la conversación que habían tenido, y como este le había confiado su última voluntad: verle sentar la cabeza. Verlo casarse, formar una familia.

La respuesta de Leah no habría podido ser más pragmática: si era la última voluntad de su padrino, tenía que hacerla realidad; era su deber. Aunque tuviera que buscarse una prometida de pega, pagándole para que interpretara ese papel. Debía hacer lo imposible por hacer feliz a su padrino.

Y él, aturdido, se había encontrado preguntándose si no tendría razón. Quizá esa fuera la solución. Si había algún modo de cumplir la última voluntad de su padrino, tenía que intentarlo.

Y así fue como acabaron cerrando el trato. Leah necesitaba el dinero y él una falsa prometida. A cambio del pago de treinta mil dólares Leah fingiría durante un par de meses, o el tiempo que hiciese falta, que se habían comprometido.

Sin embargo, apenas había transferido la mitad del dinero a la cuenta de Leah, esta se había fugado. Y lo peor era que había sido cuando ya le había anunciado a su padrino que había seguido su consejo y que le presentaría muy pronto a su prometida.

Cuando sus guardias de seguridad lo alertaron de que Leah había vuelto, se había desplazado desde sus oficinas en el centro de Manhattan hasta allí, decidido a tener unas palabras con ella y obligarla a cumplir con lo pactado. Solo que la joven que estaba frente a él no era Leah McDonald, y eso suponía que estaba lejos de resolver aquella irritante situación.

¿O no? Harper McDonald había dicho que no tenía ni idea de dónde estaba su hermana, y la creía, pero quizá pudiera ayudarlo de otra manera.

—¿Y qué piensa hacer? —inquirió Harper, ansiosa, interrumpiendo sus pensamientos—. Respecto a Leah, quiero decir. ¿Lo ha denunciado a la policía?

—Aún no. Prefiero manejar este asunto a mi manera. Al menos por ahora —respondió él, tamborileando con los dedos sobre la mesa.

Sus palabras tuvieron el efecto deseado. Vio a Harper tragar saliva, leyendo sin duda en ellas una amenaza solapada.

—Escuche, podría ayudarlo a encontrar a mi hermana —le dijo Harper, buscando desesperadamente la manera de aplacarlo—. Le devolveré el dinero que le pagó.

–¿Y cómo piensa hacerlo? –inquirió él–. Por lo que me dijo su hermana, su familia no cuenta con muchos recursos.

La vio sonrojarse hasta las orejas.

–Esa... –masculló–. ¡No tenía derecho a decir algo así!

–Entonces, ¿no es verdad? ¿No supondrá un problema para usted devolverme ese dinero?

–Bueno, sí, como lo sería para cualquier familia normal. Pero eso no significa que no vaya a hacerlo. Podría trabajar para usted aquí, por ejemplo. Sin cobrar, quiero decir.

–Creo que con haber tenido a una hermana McDonald en este establecimiento ha sido más que suficiente, gracias –contestó él con sarcasmo.

–Bueno, pues algún otro trabajo, entonces. Soy muy capaz y aprendo rápido. Haré lo que sea. Solo necesito un poco de tiempo y que me dé la oportunidad de intentar encontrar a Leah.

–¿Lo que sea, dice?

–Sí –respondió ella, con firme determinación.

–En ese caso quizá haya algo en lo que podría ayudarme. Podría cumplir por ella el trato al que se comprometió su hermana.

–Sí, por supuesto –respondió Harper. Parpadeó, y le preguntó–: ¿De qué se trata?

Vieri dejó que el silencio se prolongara un instante antes de contestar.

–Necesito que se convierta en mi prometida.

Capítulo 2

S U PROMETIDA?
Aquellas palabras le sonaron tan ridículas a Harper, al repetirlas, como cuando las había pronunciado él.

—Sí, eso es.

—¿Quiere que me case con usted?

—No —respondió él con una risa seca—; le aseguro que no hará falta llegar a eso.

—No comprendo.

—Su hermana y yo hicimos un trato. A cambio del pago de una generosa suma, accedió a interpretar el papel de mi prometida por un tiempo limitado. En realidad no es tan complicado.

Quizás no lo fuera para él, ni para la chalada de su hermana, pero a ella desde luego le costaba digerir aquella idea.

—Pero... ¿por qué? ¿Y a qué se refiere con eso de «por un tiempo limitado»?

—En respuesta a su primera pregunta, para satisfacer a mi padrino, Alfonso —contestó Vieri—. Y en cuanto a la segunda, será solo por unos meses a lo sumo —hizo una pausa e inspiró—. Mi padrino se está muriendo.

—Vaya... —murmuró Harper. Podía ver el dolor en sus ojos—. Cuánto lo siento...

Vieri se encogió de hombros.

–Su última voluntad es que me case y forme una familia. Y me gustaría poder hacer realidad ese deseo, aunque solo sea en parte.

–Pero... si solo va a ser una mentira... no estaría bien, ¿no?

–Yo prefiero considerarlo un engaño piadoso.

Harper frunció el ceño.

–¿Y Leah estuvo de acuerdo con eso?

No sabía ni por qué se molestaba en preguntar. Era la clase de idea disparatada a la que solo alguien como su hermana accedería.

–En realidad fue idea suya.

¡Cómo no!

–¿Y en qué consiste exactamente el trato? –le preguntó.

–Volar a Sicilia, conocer a mi padrino, actuar como una prometida complaciente... Tal vez tengamos que hacerle varias visitas y quedarnos con él unos días, o algunas semanas. Quiero pasar con él tanto tiempo como me sea posible.

–Comprendo –murmuró Harper–. Continúe.

–Eso es todo. Mi acuerdo con Leah fue un acuerdo deliberadamente flexible.

¿Deliberadamente flexible? ¿Qué diablos significaba eso?

–Bueno, obviamente antes de acceder a nada, necesito saber qué más se esperaría de mí.

–Si lo que quiere saber es si tendrá que compartir el lecho conmigo, la respuesta es no –le dijo él, mirándola divertido–. No estoy acostumbrado a pagar a ninguna mujer para que se acueste conmigo.

Harper, a quien le ardían las mejillas, se apresuró a disipar las eróticas imágenes que había conjurado su mente.

—No estaba pensando en eso. Además, sé que mi hermana jamás habría accedido a algo así. Y yo tampoco, para que lo sepa.

—Me alegra oírlo —contestó Vieri, deslizando sus ojos azules por su figura—. Entonces, ¿trato hecho?

—No lo sé —dijo ella, aún indecisa—. Si accediera... ¿qué hará con respecto a Leah?

—Dejaría el asunto correr.

—Pero... ¿y qué pasa con ese tal Rodríguez? Querrá hablar con él, ¿no? Tal vez fuera él quien le haya robado ese dinero. Puede que haya secuestrado a Leah.

—Es poco probable. ¿Por qué iba a querer secuestrar nadie a su hermana? No es la hija de una familia rica, ni una celebridad.

—Sí, pero está lo de los quince mil dólares. Ese Rodríguez podría haberla seducido para conseguir quedarse con el dinero.

—Es posible, aunque poco probable. Rodríguez llevaba bastante tiempo trabajando aquí. Manejaba grandes sumas de dinero, y jamás hemos tenido indicios de que hubiera robado. Pero tiene razón, si un miembro de mi plantilla desaparece sin avisar, independientemente de las circunstancias, creo que es mi deber investigarlo. Lo encontraré. Y si su hermana está con él, haré que la lleven de vuelta a Escocia, con su padre y con usted.

—¿Sin implicar a la policía?

—No veo razón alguna para implicar a la policía.

—Y espero que tampoco recurra a la violencia.

Vieri se levantó y rodeó la mesa para colocarse frente a ella, intimidante.

—Creo que debería aclararle unas cuantas cosas, señorita McDonald —dijo fijando sus ojos en los de ella—. Me ocuparé de este asunto como lo considere conveniente. Soy yo quien toma las decisiones y pone las reglas. Y usted, se debería considerar extremadamente afortunada de que le esté dando la oportunidad de evitarle a su hermana una posible condena de cárcel.

¿Afortunada? No era esa la palabra que ella emplearía para describirse en las presentes circunstancias.

—¿Y bien?, ¿qué me dice? —le preguntó Vieri—. ¿Está dispuesta a transigir con mi plan?

Harper apartó la mirada y apretó los puños. En ese momento lo que quería hacer era estrangular a Leah, pero era su hermana. Por supuesto que haría cualquier cosa para protegerla. Era lo que llevaba haciendo toda su vida porque era la gemela sensata, la responsable, la que siempre se ocupaba de todo y trataba de solucionar los problemas.

—Sí —musitó.

Y al levantar la vista vio en los ojos de Vieri un brillo de satisfacción. Ya no había vuelta atrás.

Harper miró por la ventanilla. Ya se avistaba la isla de Sicilia junto a la punta de la «bota» de Italia. A medida que el jet privado de Vieri empezaba a descender, observó las montañas y los ríos, los pueblos y las ciudades y, lo más impresionante de todo, el monte Etna, que, aunque cubierto de nieve, emitía nubes de humo.

Solo había viajado una vez al extranjero, unas vacaciones en la Costa del Sol en España, cuando tenía diecinueve años. Y habría sido divertido, sino hubiera acabado teniendo que andar detrás de Leah todo el tiempo para evitar que se metiera en líos.

Nada había cambiado: allí estaba de nuevo, intentando deshacer otro entuerto provocado por su hermana. Solo que esta vez era serio, muy serio. Y todo había ocurrido tan deprisa... Nada más acceder al plan de Vieri, este había mandado a su chófer a recoger su maleta al hostal en el que se había alojado.

Había sido un vuelo muy largo. Habían salido de madrugada, y aunque había un dormitorio en el jet, donde Vieri le había dicho que podía descansar un poco, había sido incapaz de conciliar el sueño, y había acabado regresando a su asiento. Vieri estaba inmerso en algún asunto de trabajo con su portátil, así que se colocó los auriculares y se puso a ver una película con la esperanza de que eso la ayudaría a no pensar, pero le resultó imposible. ¿Cómo podría evadirse de la realidad, de aquella locura en la que se había embarcado? Se había subido a un avión con un completo extraño e iba a fingir que era su prometida.

Cuando tomaron tierra, se subieron al coche que estaba esperándolos y se pusieron en marcha.

—¿Adónde vamos? —le preguntó Harper.

—Al Castello di Trevente —contestó Vieri—. Es donde vive mi padrino.

—¿Vive en un castillo?

—Sí, ha pertenecido a su familia, los Calleroni, durante generaciones —le explicó Vieri girando la cabeza para mirarla.

—Pero primero pasaremos por el hotel para dejar las maletas y adecentarnos un poco, ¿no?

—No quiero retrasar demasiado nuestra visita. Mi padrino se cansa mucho y aquí pasan ya de la seis de la tarde —contestó Vieri, quitándose el reloj para ajustar la hora.

—Y entonces, ¿cuál es el plan? —le preguntó Harper. Cuando Vieri giró la cabeza para mirarla y enarcó las cejas, precisó—: ¿Cómo se supone que debo actuar frente a su padrino?

—Comportándose como lo haría mi prometida —contestó él, como si fuera evidente—. Creía que era lo que habíamos acordado.

—Pero... ¿no deberíamos preparar alguna historia? —insistió ella—. Cómo nos conocimos, cuánto hace que nos conocemos... esa clase de cosas.

—Deje que hable yo.

Su respuesta molestó a Harper. El pensar que pretendía exhibirla como a un florero y hablar por ella iba en contra de sus principios feministas. Claro que, ¿a quién quería engañar? Aquel trato iba en contra de todos su principios. Sin embargo, de pronto se le ocurrió algo en lo que no había pensado.

—Supongo que su padrino no hablará mi idioma...

—Habla perfectamente el inglés.

—Entonces tendré que saber qué decir si se dirige a mí —insistió Harper. Y, tratando de hacer valer su autoridad, añadió—: Y para eso necesito saber más sobre usted. De hecho, los dos necesitamos saber más sobre el otro y... —se quedó callada al darse cuenta de que se había puesto la zancadilla sin querer. No se sentía cómoda hablando de sí misma.

—Está bien —accedió de inmediato Vieri, que sin duda había notado su reticencia—. Cuénteme la historia de su vida.

Harper tragó saliva. En Glenruie, el pueblo donde había nacido y crecido, todo el mundo conocía su historia: dos pobres niñitas habían perdido a su madre en un trágico accidente, que había hecho que su padre empezase a beber. Desde entonces habían estado viéndoselas y deseándoselas para llegar a fin de mes y no perder su casa. Pero con los extraños siempre se cuidaba mucho de guardar para sí esa triste historia. Por eso, decidió, no le daría más detalles de los estrictamente necesarios.

—Pues... bueno, tengo veinticinco años y toda mi vida he vivido en Glenruie, un pequeño pueblo en la costa oeste de Escocia, con mi padre y mi hermana —comenzó a decir—. Mi padre trabaja como guarda de coto de caza en una finca llamada Craigmore. El propietario convirtió la casa, Craigmore Lodge, en una casa rural, donde por temporadas trabajamos Leah y yo limpiando las habitaciones, sirviendo las mesas en el comedor... cosas así.

—¿Y su madre?

—Murió —Harper frunció los labios—. Hace ya mucho tiempo. Un accidente con una escopeta.

—Lo siento —murmuró Vieri—. Y, por lo que tengo entendido, tienen problemas con su padre.

Harper volvió a maldecir en silencio a su hermana.

—Sí, bueno, últimamente no ha estado muy bien, así que las cosas se han puesto un poco difíciles.

—Leah me dijo que bebía. ¿Es cierto que si pierde su trabajo perderán también su casa?

Iba a matar a Leah...

–Bueno, en teoría podría pasar, pero estoy segura de que no llegaremos a eso –concluyó cruzándose de brazos–. En fin... dejemos de hablar de mí –dijo con una risa incómoda–. ¿Qué debería saber de usted?

Vieri volvió la vista al frente.

–Treinta y dos años. Siciliano de nacimiento, aunque llevo catorce años viviendo en Nueva York. Presidente de Romano Holdings. Empecé en la industria hotelera y del ocio, pero ahora controlo más de cien compañías, un número que va en aumento.

Harper frunció el ceño. No era la clase de información que quería saber de él. No estaba pensando en invertir, ni en elaborar una lista de los negocios con más éxito del mundo. ¡Se suponía que estaban prometidos, por amor de Dios!, se suponía que conocían los detalles más íntimos del otro.

–¿Y qué hay de su familia? ¿Padres, hermanos...?

–No tengo familia –respondió él con brusquedad.

Ante su evidente reticencia a decir nada más, Harper no pudo reprimir su curiosidad.

–¿Qué? ¿No tiene ningún pariente vivo?

–No. Crecí en un orfanato.

–Ah –musitó ella–. ¿Porque sus padres habían muerto?

–No tengo ni idea. Pero si no es así, tampoco quiero saber nada de ellos. Me abandonaron, recién nacido, en la escalinata de una iglesia.

–Vaya, qué triste...

–Yo no lo veo así. Me ha ido bastante bien. Fui muy afortunado, porque Alfonso era uno de los miembros del consejo administrativo del orfanato. Me tomó bajo su protección, convirtiéndose en mi padrino. Sin él podría haber acabado descarriándome. Le debo todo lo que soy —le explicó, y Harper oyó una nota de emoción en su voz—. Y por eso quiero hacer esto por él. Su felicidad significa mucho para mí.

Harper vaciló.

—¿Y no cree... que su padrino está pensando en su felicidad cuando dice que quiere verlo casado, y no en sí mismo?

Cuando Vieri giró de nuevo la cabeza hacia ella, había un brillo decididamente hostil en su mirada.

—En el improbable caso de quisiera su opinión, señorita McDonald, se la pediría —masculló entre dientes—. Hasta entonces, le agradeceré que se guarde para sí sus pensamientos y se limite a cumplir con el acuerdo por el que pagué a su hermana. ¿Le queda claro?

—Perfectamente —contestó Harper irguiéndose, antes de girar la cabeza hacia la ventanilla.

Hicieron el resto del trayecto en silencio. Solo cuando llegaron a su destino, se volvió Vieri para hablarle de nuevo.

—Antes de que entremos, necesitará esto —se sacó del bolsillo una cajita de terciopelo y se la tendió—. Si no le está bien, puedo hacer que lo ajusten.

Harper abrió la caja, sacó el anillo, de platino con esmeraldas, y, para su sorpresa, vio que le quedaba perfecto.

—Por supuesto a partir de este momento nos tutearemos —fue la última instrucción de Vieri—. ¿Lista?

Harper tragó saliva, y aunque su mente gritaba que no, asintió con la cabeza.

—*Bene*. Vamos allá.

Capítulo 3

ACÉRCATE un poco más para que pueda verte mejor, *mia cara*.

Harper hizo lo que le pedía el padrino de Vieri, Alfonso Calleroni, que estaba sentado en un sillón reclinable, con una manta sobre las rodillas.

—Ah, así está mejor. Siéntate a mi lado —le dijo—. Vieri, no te quedes ahí plantado. Trae una silla para tu dama.

Vieri acercó una silla y la colocó junto a su padrino. Harper tomó asiento nerviosa. Por si la situación no era lo bastante incómoda, Vieri la empeoró quedándose de pie detrás de ella, con las manos apoyadas en el respaldo de la silla.

—Así que... te llamas Harper —dijo Alfonso.

A pesar de su edad, su aspecto frágil y su delicado estado de salud, el brillo en su mirada le dijo que era un hombre astuto, y que por tanto no sería fácil engañarlo.

—Ese es mi nombre —asintió, esbozando una sonrisa.

—¿Y es un nombre escocés? Porque por ese encantador acento, diría que eres escocesa.

—Lo soy —respondió Harper. Sí, no se le escapaba una—. Pero el nombre proviene de la escritora Harper

Lee, la autora del libro favorito de mi madre, *Matar a un ruiseñor*. A mi hermana gemela le puso «Leah» porque sonaba parecido al apellido, Lee. Era como una forma de rendirle homenaje a su manera.

—¡Ah!, ¿tienes una hermana gemela? ¡Maravilloso! —exclamó el anciano—. Vieri me ha dicho que os conocisteis en Nueva York. Muy lejos de tu hogar.

—Sí, Leah trabajaba en uno de mis clubes, y Harper había venido a visitarla —intervino Vieri.

—Y os enamorasteis —murmuró Alfonso, alcanzando con su mano nudosa la de Harper para inspeccionar el anillo—. ¡Maravilloso! —repitió, alzando la vista hacia Harper—. ¿Y tus padres? Confío en que Vieri haya hecho lo correcto y le haya pedido tu mano a tu padre.

Harper tragó saliva.

—Aún no, Alfonso —intervino Vieri de nuevo—. Ha ocurrido todo tan deprisa... Y queríamos que tú fueses el primero en saberlo.

—Pues os lo agradezco —dijo Alfonso—. Después de todo no me queda mucho tiempo, y me habría apenado morir sin conocer a la mujer que has escogido como compañera.

—No hables de tu muerte, padrino.

—¡Ay!, pero es que no nos queda más remedio que hacerlo, *mio figlio*. Hay asuntos importantes que debemos tratar. Pero ahora estoy cansado, así que me temo que eso tendrá que esperar —le respondió Alfonso—. Muchas gracias por venir a verme, querida —le dijo a Harper, y se llevó su mano a los labios para besarla. María, su enfermera, que se había mantenido en un discreto segundo plano acudió prestamente a su lado–. Has escogido bien –le dijo a Vieri su padrino–. Es una chica encantadora.

Pulsó un botón en el lateral del sillón, y este se inclinó lentamente hacia delante hasta que Alfonso pudo levantarse y agarrarse al andador que la enfermera acababa de colocar frente a él.

–Y ahora, si me disculpáis, voy a retirarme a descansar –les dijo.

–Por supuesto –contestó Vieri, inclinándose para besar a su padrino en la mejilla–. Nos vemos mañana.

–Sí, mañana –asintió el anciano con una débil sonrisa.

En su visita del día siguiente se quedaron más tiempo, igual que el día después. Era evidente que Alfonso estaba encantado de poder disfrutar de la compañía de su ahijado, y saltaba a la vista el afecto que sentían el uno por el otro.

Otra cosa muy distinta era el afecto que Vieri debería mostrar hacia ella, como se suponía que haría un hombre con su prometida. Lejos de tratarla como si fuera el amor de su vida, se limitaba a exhibirla frente a su padrino como una especie de trofeo, ignorándola por lo demás. Pero a Alfonso no se le escapaba nada, y Harper estaba cada vez más convencida de que su pantomima no estaba resultando nada convincente.

El tercer día, al regresar a la suite del hotel que Vieri poseía en Palermo, decidió que ya no podía seguir callada por más tiempo. Se quitó el anorak y se volvió hacia Vieri.

–Me preocupa que Alfonso se haya dado cuenta de que en realidad no somos pareja.

–¿Por qué dices eso? –inquirió Vieri, que se había ido directo al bar–. Yo hoy lo he visto muy alegre. Tenía más color en las mejillas; no estaba tan pálido –descorchó una botella de vino y sirvió un poco en una copa antes de tendérsela a Harper.

–Sí, es verdad –concedió ella, tomando la copa de vino.

Observó a Vieri mientras ponía hielo en un vaso y se servía un whisky. Remangado, y con el cabello algo despeinado, era la viva imagen del playboy multimillonario relajándose en su mansión. Era muy alto, y su cuerpo era la perfecta combinación de largos brazos y piernas y de trabajados músculos bajo esa tersa piel aceitunada. Sí, era guapísimo, y a pesar de sus firmes intenciones de permanecer distante con él, Vieri tenía la extraña capacidad de hacer que la invadiera una ola de calor con solo mirarla, y un cosquilleo recorría todo su cuerpo con solo oír su profunda voz con ese ligero pero sensual acento italiano.

Tomó un sorbo de vino y apartó la mirada. No podía dejarse llevar por la atracción que sentía hacia él. Ni debería sentir la impaciencia con que había empezado a esperar cada día aquel breve tiempo que pasaban juntos por la tarde, al llegar al hotel. Además, ¿qué sentido tenía? Tampoco era que Vieri hubiera mostrado el menor interés por ella...

Desde su llegada a Sicilia se había establecido una especie de rutina: por las mañanas Vieri trabajaba y ella tenía que entretenerse sola. Había optado por hacer un poco de turismo por Palermo, y salía cada mañana a explorar las estrechas callejuelas empedradas y los exóticos mercados, o se sentaba en una terraza a tomar café mientras miraba a la gente que pasaba.

Por las tardes iban a visitar a Alfonso y luego, al regresar al hotel, después de charlar un rato, Vieri volvía a recluirse en el estudio de la suite. Y aunque para cenar podía llamar al servicio de habitaciones y escoger lo que quisiera del extenso menú del restaurante, Harper a esas horas no tenía mucho apetito. Al final pedía cualquier cosa y cenaba sola, sentada en el sofá, viendo la tele, y aprovechaba para llamar a su padre.

—A mí también me ha parecido que Alfonso tenía mejor aspecto hoy –dijo yendo a sentarse en uno de los sofás de cuero–, pero estoy segura de que sabe que nuestro compromiso es una farsa. Subestimas lo perspicaz que es.

—Te aseguro que jamás he subestimado a mi padrino –respondió Vieri sentándose en el otro sofá, frente a ella.

—Pues entonces te habrás dado cuenta de cómo nos mira. Está claro que no se ha tragado nuestra pantomima. Si piensas lo contrario, es que eres tú el que te engañas.

Vieri apretó la mandíbula.

—Ya –murmuró. Se echó hacia atrás y cruzó una pierna sobre la otra–. Bien, pues como según parece ves más allá que yo, quizá quieras aconsejarme qué debemos hacer al respecto.

—Muy bien, lo haré –contestó Harper, negándose a dejarse acobardar. Dejó su copa en la mesa baja entre ellos–: En primer lugar, tiene que parecer que nos gustamos. Deberíamos mirarnos a los ojos, por ejemplo.

–No me había dado cuenta de que no lo hiciéramos.

–¿Lo dices en serio? Miras más a la enfermera de Alfonso que a mí.

Vieri soltó una risa burlona.

–¿No estarás celosa, Harper?

–Por supuesto que no –contestó ella, quizá demasiado deprisa, y con demasiada vehemencia–. ¿Por qué habría de estarlo?

–Eso digo yo, ¿por qué? –murmuró él enarcando las cejas–. Entonces, falta de contacto visual; tomo nota. ¿Qué más estoy haciendo mal?

–Bueno, tu lenguaje corporal no es el adecuado en absoluto; estás muy tenso. Y también te muestras demasiado evasivo cuando Alfonso te hace una pregunta sobre nosotros. Por no mencionar que te metes todo el tiempo cuando está intentando hablar conmigo.

–¿Ah, sí? Vaya, está claro que esto no se me da nada bien –murmuró Vieri. Tomó otro sorbo de whisky y dejó el vaso en la mesa–. O sea que... rehúyo tu mirada, estoy demasiado tenso, me muestro evasivo, interfiero cuando Alfonso te habla... ¿Alguna cosa más que quieras añadir?

–No –contestó Harper, y apretó los labios para contener una sonrisa pícara–. Creo que con eso basta para empezar.

–*Bene*. Pues entonces deberíamos hacer algo al respecto.

A Harper se le atragantó la sonrisa. El brillo en los ojos de Vieri le decía que no le iba a gustar lo que le iba a sugerir.

—¿A qué te refieres?

—Propongo que probemos a hacer un ensayo —le dijo Vieri.

A Harper la idea le sonó a intento de seducción, y eso la inquietó aún más.

—¿Un ensayo?

—Sí —asintió él, mirándola lentamente de arriba abajo—. Un pequeño juego que nos ayudará a sentirnos más cómodos el uno con el otro.

—No estoy segura de que sea buena idea.

—¿Que no? —Vieri se levantó y rodeó la mesa para ponerse frente a ella—. Merece la pena probar. Venga, ¡arriba! —la instó, tendiéndole las manos con impaciencia.

Harper tragó saliva, esforzándose por pensar en algo para vetar esa idea absurda, pero el cosquilleo de excitación que recorría su cuerpo desobediente le hacía imposible pensar con claridad.

Cuando la ayudó a levantarse, se encontró a solo unos centímetros de Vieri, que la tomó por los hombros. El corazón de Harper latía como un loco, como si quisiera salírsele del pecho.

Las manos de Vieri descendieron por su espalda, haciéndola estremecerse de placer, y la asieron de un modo posesivo por la cintura. Harper intentó zafarse, pero él la atrajo aún más hacia sí. Pegada como estaba a su cuerpo, podía sentir la solidez del tórax de Vieri contra sus pechos, y la fuerza de sus largas piernas. Una de ellas se insinuó entre las suyas y al notar que tenía una erección la invadió una ola de calor y un gemido escapó de sus labios.

–Vaya... –murmuró Vieri. Y agachó la cabeza para susurrarle al oído–: Interesante...

Apartando su pelo, la besó suavemente bajo el lóbulo de la oreja, antes de descender, beso a beso por la curva de su cuello. Harper cerró los ojos y ladeó la cabeza involuntariamente para que pudiera besarla mejor.

–Parece que hemos encontrado un punto de conexión entre los dos –dijo Vieri, levantando la cabeza. Harper abrió los ojos y se miraron–. Quizá esto no será tan difícil como pensábamos. De hecho, tal vez deberíamos probar a besarnos. Para que resultemos más convincentes, quiero decir.

–No creo que sea necesa... –comenzó a protestar ella.

Pero antes de que pudiera terminar la frase, los labios de Vieri se posaron sobre los suyos, muy suavemente, como para ver qué pasaba. A Harper se le cortó el aliento, y cuando comenzó a besarla, se encontró respondiendo al beso. Hasta abrió la boca para dejar que la lengua de Vieri se enroscara con la suya, acariciándola de un modo persuasivo y sensual que la hizo estremecer de deseo.

Despegó sus labios de los de él, y vio un atisbo de sorpresa en su mirada antes de que volviera a inclinar la cabeza para retomar aquel implacable asalto.

No sabría decir cuánto tiempo había pasado cuando, algo mareada y aturdida por la sexualidad descarnada de aquel beso, finalmente consiguió apartarse de él y aspirar una bocanada de aire.

Se esforzó como pudo por disimular que estaba temblando. Nunca habría imaginado que un beso pudiera ser tan intenso, tan salvaje, capaz de dejarla con las rodillas temblando. Era como si nunca la hubieran besado de verdad. Había salido con un par de chicos en su pueblo, y los besos que había compartido con ellos habían sido agradables, pero no había comparación posible. Vieri besaba con pasión y con maestría.

—Creo que con eso ha sido más que suficiente —murmuró apartándose de él.

—¿Tú crees? —inquirió él con una sonrisa malévola—. Pues a mí estaba empezando a gustarme, y me parece que a ti también.

—Eso da igual —le espetó Harper, tirándose del cuello de la blusa. ¿Por qué demonios hacía tanto calor allí dentro?

—No sé yo. A mí me parece que sí importa —replicó él, burlón, enarcando las cejas—. Seguro que te has dado cuenta de lo mucho que yo estaba disfrutando.

Harper se puso roja como un tomate. ¿Por qué estaba alardeando de su atracción hacia ella, mientras que ella estaba desesperada por ocultar su atracción hacia él? ¿Que por qué?, porque estaba acostumbrado a seducir a mujeres, se dijo. Seguro que se acostaba con una distinta cada noche y disfrutaba con el poder que ejercía sobre ellas, utilizándolas para satisfacer sus apetitos sexuales y luego dejándolas tiradas como si nada. Solo había que ver cómo estaba mirándola en ese momento, con esa petulante arrogancia...

–Se supone que la idea es aprender a estar cómodos el uno con el otro delante de Alfonso para resultar creíbles. Y no... no... eso –balbució azorada.

–¿Eso? –repitió él burlón, como si estuviera disfrutando de verla tan incómoda.

–Sí. Sabes perfectamente de qué estoy hablando.

Desde luego que lo sabía, se dijo Vieri, posando los ojos en sus labios hinchados. Lo había sorprendido lo deprisa que se había excitado, solo con besarla. Y era evidente que a ella también.

Había estado convencido de que tenía el control, pero en cuanto sus labios habían tocado los de Harper, se le había escapado entre los dedos. De hecho, si no se hubiese apartado de él, no estaba seguro de si habría tenido la fuerza de voluntad suficiente para parar. ¿Y qué habría ocurrido entonces? Que habrían acabado en la cama, eso seguro. Al menos si dependiera de él.

Había algo increíblemente sexy en Harper McDonald, como el brillo desafiante en sus singulares ojos ambarinos. «¡Basta!», se increpó. Acostarse con ella no era parte del plan.

–Bien –dijo, adoptando un enfoque de negocios y apartándose de ella–, pues si estás segura de que es suficiente, creo que me iré a trabajar un poco –se dio la vuelta para marcharse, y ya había llegado al umbral de la puerta cuando se acordó de algo–: Ah, por cierto. Casi se me olvida: el sábado se celebra una fiesta benéfica, el Baile de Invierno. Alfonso es uno de los patrocinadores y le gustaría que fuésemos.

Tendrás que comprarte algo apropiado –dijo, mirando con ojo crítico los vaqueros y el top que llevaba–. De hecho, deberías comprar unos cuantos conjuntos. Puede que tengamos que asistir a otros eventos sociales durante el tiempo que estemos aquí.

–De acuerdo –respondió Harper. No parecía entusiasmada en absoluto.

–Mi chófer estará a tu disposición. Y naturalmente cargarás todo a mi tarjeta –añadió Vieri. Harper seguía sin mostrar la menor emoción. ¿No se suponía que a las mujeres les encantaba ir de compras?–. Espero que eso no suponga un problema.

–Pues claro que no –respondió ella, levantando la barbilla con altivez–; es tu dinero.

–Así es. Y a todos los efectos tú eres mi prometida –contestó Vieri irritado–, así que, por favor, escoge algo apropiado.

–A la orden –dijo Harper, burlona, haciendo el saludo militar–. Dios me libre de causarte vergüenza.

¿Vergüenza? Vieri apretó la mandíbula. Entre las emociones que despertaba aquella exasperante joven en él no estaba esa, pero no tenía la menor intención de ponerse a analizar en ese momento las que sí despertaba en él.

–Pues no hay más que hablar –dijo, y abandonó el salón.

De pronto se le antojaba de vital necesidad poner algo de espacio entre los dos.

Capítulo 4

HARPER tuvo que admitir para sus adentros que sí le provocaba una sensación embriagadora aquello de entrar en esas tiendas de moda carísimas, y saber que podía comprar lo que quisiera. Con solo mencionar el nombre de Vieri Romano, las altivas dependientas se desvivían por atenderla, mostrándole una infinidad de deslumbrantes confecciones. Y había comprado ya un vestido de cóctel y un par de conjuntos de chaqueta entallada y pantalón, pero aún no había encontrado nada que ponerse para la fiesta, así que entró en otra tienda, decidida a no salir de allí sin el vestido que necesitaba.

Después de mucho mirar y probarse, se decantó por uno verde oscuro, de terciopelo, bastante recatado. No quería sentirse sexy con Vieri. No cuando con solo recordar sus besos le flaqueaban las rodillas.

Estaba pidiéndole a la dependienta que se lo enviasen al hotel, cuando la interrumpió una mujer alta y atractiva de mediana edad.

–Disculpe. He oído el nombre del hotel en el que se aloja, y me ha parecido que estaba dando indicaciones para que envíen su compra a la suite de Vieri Romano. ¿Es invitada suya?

Hablaba un inglés perfecto.

–Supongo que podría decirse que sí.

–¡Vaya, qué interesante! –exclamó la mujer, mirándola de arriba abajo–. Y eso que está comprando... –dijo señalando el vestido que sostenía la dependienta–, ¿es para el Baile de Invierno? ¿Va a ser la pareja de Vieri?

–Bueno, sí.

–Pues tiene suerte de que nos hayamos encontrado, porque si compra ese vestido estará cometiendo un error. Vieri lo detestará.

Harper frunció el ceño. No le gustaba que una persona a la que no conocía de nada le hablara así. Al advertir su recelo, la extraña le dirigió una sonrisa forzada y le dijo:

–Perdona, querida, debes estar pensando que soy una maleducada. Permite que me presente –dijo tendiéndole su mano, cargada de anillos–: mi nombre es Donatella Sorrentino. Soy una vieja amiga de Vieri.

–Harper McDonald –se presentó ella a su vez.

Al ir a estrecharle la mano, para su sorpresa, la mujer la atrajo hacia sí para darle un exagerado abrazo, estrujándola contra su abrigo de visón y envolviéndola con su embriagador perfume. Cuando se apartó, Donatella la escrutó con ojos críticos.

–Dime, Harper, ¿cómo es que vas a acompañar a Vieri al baile?

Harper dio un paso a un lado.

–Alfonso, su padrino, es uno de los patrocinadores de la asociación benéfica que lo organiza, y Vieri...

–Eso ya lo sabía, querida –la interrumpió Donatella. Un frío destello iluminó sus ojos–. Alfonso Calleroni es mi tío.

—Ah —musitó Harper, cortada—. Lo siento; no tenía ni idea.

—¿Por qué tendrías que saberlo? ¿Cómo está el viejo, por cierto? —inquirió Donatella, ahogando un bostezo de aburrimiento—. Hace tiempo que vengo pensando en hacerle una visita, pero siempre me surge algo.

—Está muy delicado —respondió Harper, escogiendo sus palabras con cuidado. No le correspondía a ella decirle que su tío se estaba muriendo, aunque sospechaba que no le importaría lo más mínimo—. Pero creo que el tener a Vieri aquí lo está animando mucho.

—Seguro que sí. ¿Y tú?, ¿qué lugar ocupas en ese encantador escenario?

Harper vaciló. Solo se ponía el anillo cuando iban a visitar a Alfonso, y aparte de él nadie más sabía lo de su supuesto compromiso. Decírselo a aquella mujer, que tenía pinta de ser una chismosa malintencionada, podría ser un peligro. Claro que... ¿qué importaba? La gente se enteraría antes o después, y no podía resistir la tentación de soltar aquella bomba y desencajar las facciones estiradas por el bótox de aquella arrogante mujer.

—Soy la prometida de Vieri.

La estupefacción de Donatella fue tal, que Harper tuvo que disimular como pudo una sonrisa maliciosa.

—¡*Mio Dio!* —se le escapó a Donatella. Sin embargo, volvió a componer su rostro rápidamente—. Es sencillamente maravilloso. Ven, deja que te abrace —dijo atrayéndola de nuevo hacia sí—. ¡Si casi somos familia! Pensar que Vieri finalmente va a casarse... Tienes que contármelo todo: dónde os conocisteis, cómo os enamorasteis... Claro que Vieri es irresistible, y tú... eres tan joven y tan bonita... ¿Y cuándo os casáis? ¡Todo esto es tan romántico! Tenemos que almorzar juntas —rebuscó en su bolso, sacó una agenda y empezó a pasar las páginas apresuradamente—. A ver cuándo tengo un hueco...

—Es muy amable por tu parte —la interrumpió Harper—, pero no puedo. No estoy segura de cuáles son nuestro planes para estos días.

Donatella levantó la cabeza.

—¿Vuestros planes? Estoy segura de que Vieri ya lo tendrá todo más que planeado. Siempre ha sido tan endiabladamente organizado... ¿Cuándo has dicho que será la boda?

—No lo he dicho. Todavía no hemos fijado la fecha.

—¿Así que ha sido algo repentino? —inquirió Donatella, clavando en ella sus fríos ojos azules—. ¿No hace mucho que conoces a Vieri?

—No, no mucho.

—Ya decía yo... —murmuró Donatella—. Si lo conocieras como yo, jamás se te pasaría por la cabeza comprar ese vestido horrendo. Mira... —levantó la muñeca para mirar su reloj—, puedo regalarte quince minutos. Al menos deja que te escoja un vestido apropiado.

Sin darle tiempo a responder, se alejó hacia uno de los percheros, y chasqueó los dedos para llamar a una dependienta, que acudió prestamente a sujetar las prendas que iba seleccionando.

—Date prisa y pruébate estos vestidos —le dijo a Harper cuando hubo acabado—. Yo te esperaré aquí para darte el veredicto final —añadió, sentándose en un diván tapizado en terciopelo–. No queremos que decepciones a Vieri, ¿verdad?

Vieri, que estaba sentado en una terraza, tomó un sorbo de su café, e iba a seguir leyendo el periódico cuando un destello cobrizo al otro lado de la calle atrajo su atención. Era Harper, que iba caminando bajo el sol con el bolso colgado del brazo.

La verdad era que no era una coincidencia que él estuviera en aquella terraza. Esa mañana, durante el desayuno, Harper le había dicho que había pensado visitar el museo de antigüedades, que estaba justo a la vuelta de la esquina de donde se encontraba.

Cerró el periódico y observó a Harper, que se había agachado para acariciar la cabeza del chucho de un mendigo. La vio sacar el monedero del bolso y extraer de él unos billetes antes de ponerlo boca abajo para volcar las monedas en su mano. Le ofreció todo el dinero al indigente, que se levantó con avidez y juntó las manos a modo de cuenco para aceptarlo. Apenas se lo hubo guardado en el bolsillo, tiró de Harper hacia él, como para abrazarla, o tal vez para sisarle lo que llevara en los bolsillos, o quizá algo peor.

Su instinto de protección lo urgió a levantarse y cruzar la calle, ignorando los bocinazos de los coches.

–¡Ya basta; quítele las manos de encima! –le ordenó al mendigo en italiano, agarrándolo por el hombro para apartarlo de ella.

El mendigo lo miró, entre irritado y sorprendido.

–¡Vieri! –lo increpó Harper indignada, volviéndose hacia él–. ¿Qué estás haciendo?

–Lo mismo podría preguntarte yo a ti –le contestó él, tomándola por la cintura para obligarla a alejarse de allí con él–. Acabo de verte darle a ese tipo todo lo que llevabas en el monedero.

–¿Y qué? –le espetó ella enfadada–. No era dinero tuyo, si es lo que te preocupa.

–Me da igual el dinero –contestó él mientras tiraba de ella, zigzagueando entre la gente–. Lo que me preocupa es que sin darte cuenta te pongas en peligro.

–Pues que no te preocupe. Sé cuidar de mí misma. Además, no había ningún peligro. Ese pobre hombre solo tenía hambre, igual que su perro.

–Puede ser. Pero eso no implica que no pueda ser, además de un mendigo, un violento delincuente.

–¡Por amor de Dios! –exclamó Harper parándose en seco. Se volvió hacia él y se cruzó de brazos–. No sé cómo puedes vivir así, pensando lo peor de todo el mundo. Siento lástima de ti, en serio.

–Guarda tu compasión para los mendigos, *cara* –dijo él mirándola a los ojos–. Además, no pienso siempre lo peor de los demás. En lo tocante a tu hermana, parece que no pensé lo bastante mal de ella.

Observó, no sin cierta satisfacción, que Harper fruncía los labios en un mohín de irritación. Eran unos labios carnosos, sonrosados y perfectos, y aunque ya habían pasado un par de días, el recuerdo de los besos que habían compartido seguía grabado a fuego en su mente... y en su entrepierna.

Si alguien le hubiera dicho que iba a obsesionarse con una joven escocesa común y corriente, le habría respondido a esa persona que deliraba. Harper no era su tipo: no era sofisticada, ni una mujer de mundo.

Sin embargo, era cálida, y lista, y amable. Y aunque acababa de echarle un rapapolvo, la compasión que había mostrado hacia el mendigo, hasta dejando que la abrazase, a pesar de que seguramente apestaba, lo había conmovido. Y si a eso se le sumaba esa belleza natural que tenía, y esa sensualidad innata... no podía sino concluir que en realidad sí que tenía algo de especial.

Claro que también era terca como una mula, pensó agarrándola de la cintura de nuevo para hacer que siguiera andando. Tenía el coche aparcado a solo unas calles de allí, pero no pensaba decirle que iba a llevarla almorzar fuera porque estaba seguro de que empezaría a poner pegas.

—¿Y qué, te ha gustado el museo de antigüedades? —le preguntó.

—Ya lo creo —respondió ella, visiblemente aliviada por el cambio de tema—. Hay unas obras de arte increíbles. Cuesta creer que algunas daten de hace miles de años.

—Sicilia tiene mucha historia.

—Pero hay cosas que nunca cambian.

Vieri siguió su mirada y vio que sus ojos se habían posado en otro mendigo en el lado opuesto de la calle.

—¿No te sientes incómodo viviendo con tantos lujos y privilegios cuando hay tanta pobreza a tu alrededor? —le preguntó alzando la vista hacia él.

Vieri resopló exasperado.

—Para tu información, me he ganado la vida que llevo con mucho trabajo y determinación —le dijo. No sabía por qué sentía la necesidad de defenderse—. Y aparte de eso, el que viva como un pobre no ayudará a esos tipos –añadió señalando con la cabeza al mendigo–. En cambio, al invertir en este país, creo empleo y proporciono seguridad a familias que a su vez pagan impuestos que se utilizan para ayudar a esas personas con pocos recursos. Además, colaboro activamente con un buen número de asociaciones benéficas. Echarle unas monedas a un mendigo no es una solución a largo plazo.

–Bueno, no, supongo que no –concedió ella en un tono quedo–. Pero a veces la solución a corto plazo es mejor que no hacer nada.

Vieri se detuvo. Habían llegado junto a su coche. Sacó las llaves del bolsillo y apretó un botón para desactivar el cierre.

–¿Tenías el coche aquí aparcado? –inquirió ella sorprendida.

–Sí –contestó él, abriéndole la puerta–. Conozco un buen restaurante en la costa que no está lejos. Pensé que podría llevarte a almorzar allí antes de que vayamos a ver a Alfonso esta tarde. Si te lo permiten tus principios socialistas, quiero decir.

Harper vaciló, reprimiendo una sonrisa, pero al final le dirigió una mirada cálida y antes de subirse al coche respondió:

–Me encantaría; gracias.

A través de la ventana del salón Vieri observaba a Harper y a su padrino, que estaban en el jardín. Abrigado con una gruesa chaqueta y una manta sobre las rodillas, Alfonso iba en su silla de ruedas, que Harper empujaba despacio por los senderos entre los parterres. Alfonso se había empeñado en que quería salir a tomar un poco de aire fresco, y en que tenía que ser Harper quien lo acompañara.

En ese momento se detuvieron y Harper rodeó la silla para acuclillarse al lado de Alfonso, que le estaba señalando un pájaro en las ramas de un acebo cercano. Harper tenía apoyada la mano en la rodilla de Alfonso, y este había colocado la suya encima en un gesto protector. Cuando el pájaro salió volando, Harper le ajustó la bufanda a Alfonso, y se sonrieron antes de que ella se levantase y retomasen el paseo por los jardines.

Vieri frunció el ceño. Era evidente su padrino adoraba a Harper. Y ella a él, a juzgar por la ternura con que lo atendía. Fue a sentarse en el viejo sofá y, pensativo, tamborileó con los dedos sobre el brazo de cuero ajado. Le alegraba que se llevasen tan bien, y que Alfonso aprobara a la mujer que había elegido como «prometida», pero al mismo tiempo aquello lo llenaba de inquietud. En cierto modo, ese vínculo que se estaba forjando entre Harper y su padrino lo preocupaba porque se cimentaba en una mentira.

En ese momento le sonó el móvil. Le había llegado un mensaje de Bernie, su jefe de seguridad. Sus hombres habían encontrado a Rodríguez, que estaba de vuelta en Nueva York, pero Leah McDonald ya no estaba con él, y esperaban nuevas instrucciones. Vieri entornó los ojos un momento antes de teclear su respuesta: *Déjame a mí a Rodríguez. Encontrad a Leah McDonald.*

Oyó abrirse la puerta principal y las voces de Harper y su padrino. Habían vuelto a la casa. Harper estaba riéndose por algo que Alfonso le había dicho, y cuando entraron en el salón seguía sonriendo. Sus mejillas estaban encarnadas por el frío, y la brisa había revuelto su cabello rizado. Estaba... preciosa.

Al darse cuenta de que Alfonso estaba mirándolo con una sonrisa pícara en los labios, apartó la vista.

—Deja que te ayude a sentarte en tu sillón, padrino —dijo yendo hacia él—. Espero que no te hayas enfriado.

—Deja de preocuparte, muchacho; estoy bien —le aseguró su padrino—. Con tu prometida estoy en las mejores manos —dijo sonriendo a Harper antes de sentarse en su sillón con la ayuda de Vieri—. Pero creo que dentro de un rato iré a echarme un poco. Harper, ¿podrías ir a buscar a María?

—Por supuesto.

Cuando se hubo marchado, Alfonso le pidió a Vieri que fuese a cerrar la puerta.

—Ven aquí, hijo. Deprisa. Quiero hablar contigo antes de que vuelva Harper.

Vieri acercó una silla y se sentó frente a él.

—¿Qué ocurre, padrino?

—Puede que sea viejo —dijo Alfonso mirándolo a los ojos—, pero quiero creer que aún conservo mi perspicacia.

—Pues claro que la conservas —asintió Vieri de inmediato.

—Y no se me escapa que has acelerado este compromiso para hacerme feliz.

Vieri contuvo el aliento. ¿Se habría dado cuenta del engaño como decía Harper?

—Y quiero que sepas que lo has conseguido —añadió Alfonso, y el rostro se le iluminó—. Harper es una chica maravillosa. Me hace muy feliz que estés tan enamorado y que le hayas pedido que se case contigo. Es perfecta para ti. De hecho, creo que eres muy afortunado: no se encuentra uno todos los días a una joven como Harper. No la pierdas, Vieri.

—Lo intentaré —bromeó él.

Sin embargo, de pronto Alfonso lo miró con aire grave y lo tomó de la mano.

—Lo digo en serio. Hazme caso, hijo. Te conozco mejor de lo que te conoces a ti mismo y por eso te digo que si dejas escapar a Harper, te arrepentirás.

—Alfonso...

—No, escúchame, *figlio*. Como sabes, no me he casado, ni he formado una familia, y no porque no quisiera, sino por la terrible *vendetta* entre mi familia y los Sorrentino, que se llevó por delante la vida de mi querido hermano. Ahora soy el último de los Calleroni, así que cuando muera el apellido morirá conmigo, y finalmente cesarán generaciones y generaciones de asesinatos.

—Lo sé, *padrino* —le dijo Vieri con suavidad.

—Es cierto, como también sabes que esa es la razón por la que no llegué a adoptarte, a pesar de lo mucho que lo deseaba, porque no quería cargar sobre tus hombros el peso del apellido Calleroni.

—Lo sé —asintió Vieri—. Pero ser tu ahijado ha sido para mí un honor más que suficiente.

—Y para mí una enorme felicidad —dijo Alfonso—. Ver todo lo que has conseguido hasta ahora, el hombre en que te has convertido, ha sido el mayor de mis logros. Sobre todo... —hizo una pausa y alcanzó un vaso de agua que había en la mesita alta, a su lado, para humedecerse la garganta–. Sobre todo después de ese momento, cuando eras más joven, en que creí que te había perdido.

–Jamás, padrino; jamás te habría dado la espalda –replicó Vieri.

Pero los dos sabían a qué se refería Alfonso, esa época oscura de la adolescencia de Vieri en que podría haber muerto de un balazo en la cabeza.

A sus dieciocho años, cuando era poco más que un crío, Donatella Sorrentino se había cruzado en su camino y lo había deslumbrado con su belleza y su sofisticación. Desde un principio se había dado cuenta de que era peligrosa, pero a su edad eso solo había hecho que se sintiera aún más atraído por ella.

Unos años antes Donatella, que era un miembro de la familia Calleroni y sobrina de Alfonso, había hecho lo impensable al renegar de su familia, casándose con un Sorrentino. Los efectos colaterales en los dos clanes enfrentados habían sido, como cabía prever, catastróficos. En nombre del honor, pero cegado por el deseo de venganza, su padre, Eduardo Calleroni, se había enfrentado a los Sorrentino, y había acabado desplomado en el asfalto tras una ráfaga de balas. La muerte de su hermano le había roto el corazón a Alfonso, pero si Donatella había llegado a experimentar algún sentimiento de culpa, algún remordimiento, jamás lo había dejado entrever.

Y, sin embargo, sabiendo todo eso, Vieri había caído presa de su hechizo, y eso lo llenaba de vergüenza. Solo ahora, en retrospectiva, era capaz de ver cómo lo había seducido Donatella: había empezado a comprarle ropa cara, a llevarlo al teatro, a la

ópera, a cenar en los restaurantes de moda... Le decía
que le hacía un favor a su marido Frank al entrete-
nerla, porque para este no había más que su trabajo.

Pero en realidad Frank Sorrentino, uno de los gángs-
ters más temidos de Sicilia, era quien estaba detrás de
todas esas atenciones. Siendo Vieri casi un hijo para
Alfonso, le había parecido prudente tenerlo vigilado de
cerca, y le había encomendado esa misión a Donatella.

Vieri, que por aquel entonces aún había sido virgen, había fantaseado desde el primer día con acostarse con ella. Por eso, cuando Donatella se le insinuó, accedió de inmediato a sus condiciones: que
nadie debería descubrir jamás su relación ilícita. Y a
pesar de que conocía las posibles consecuencias, se
embarcó en un apasionado romance con ella.

Un romance que terminó tan repentinamente como
había empezado. Donatella le dijo que se había cansado
de él, que se estaba volviendo muy posesivo, que de
todos modos era demasiado joven para ella, y que
nunca había pretendido que lo suyo fuera nada más que
un romance pasajero.

Y así, de un día para otro, cortó todo contacto con
él. Vieri aceptó su decisión y respetó sus deseos a
pesar del shock que supuso para él, a pesar de que le
había roto el corazón porque había creído que de
verdad estaba enamorado de ella.

Sin embargo, solo unos meses después descubrió
la horrible verdad, y fue tal la furia que se apoderó
de él, y tal su sed de venganza, que ahora estaba seguro de que habría sido capaz de casi cualquier cosa.
Aquello podría haber acabado en desastre, en muerte
y destrucción.

Pero por fortuna intervino Alfonso. Le consiguió un puesto en Nueva York y lo ayudó económicamente para que pudiera iniciar allí una nueva vida. Y eso hizo, convirtiéndose en menos de diez años en un empresario de éxito.

Le estrechó la mano y le dijo:

—Sabes que lo eres todo para mí, padrino.

—Y tú para mí, *mio figlio*. Y por eso quiero que aceptes este consejo que te doy —murmuró Alfonso con voz trémula—: forma una familia, Vieri. No vivas una vida vacía como la mía.

—No has tenido una vida vacía, Alfonso, ¿cómo puedes decir eso?

—Aquí dentro hay un gran vacío —replicó su padrino, golpeándose el pecho con su frágil puño—. Yo me sentí obligado a poner fin al linaje de los Calleroni, pero tú tienes la oportunidad de formar una buena familia. ¿Es que no ves que al ser huérfano, al no ser heredero de un pasado, tu vida es como un lienzo en blanco? Eres libre de las cadenas que a mí me atan. Aprovecha al máximo esa oportunidad.

—¿Qué intentas decirme?

—Digo que ha llegado el momento de cambiar el rumbo de tu vida. No sigas posponiéndolo; aprovecha esta oportunidad: cásate con tu encantadora prometida y sienta la cabeza.

—Alfonso, yo...

—Fija una fecha para la boda. ¿Lo harás por mí? Tendrá que ser pronto, para que pueda asistir —añadió guiñándole un ojo.

Capítulo 5

HARPER se miró en el espejo. Tenía que admitir que aquella horrible Donatella Sorrentino no podía haber escogido un vestido más increíble, aunque ella jamás se lo habría comprado.

De brillante satén, el cuerpo era entallado, y el ingenioso diseño hacía que los dos tirantes fueran sobre un solo hombro, ofreciendo una tentadora visión del escote entre ambos, y dejando al descubierto buena parte de la espalda. Alrededor de las caderas tenía un ligero frunce que le daba a su cuerpo un contorno muy sexy, y luego caía en suaves pliegues hasta el suelo. Pero lo más chocante de todo era el color: rojo, un rojo brillante. Jamás hubiera pensado que alguien con su color de pelo pudiese vestir de rojo, pero no solo le quedaba bien, es que estaba despampanante, aunque estuviera feo que lo pensara ella.

Tan abstraída estaba estudiando su reflejo, que no oyó entrar a Vieri.

–*Molto bella*.

Su voz, profunda y sensual, la sobresaltó, y se volvió tan deprisa, que tuvo que agarrarse a la cómoda para no perder el equilibrio.

–Buena elección –murmuró Vieri, avanzando lentamente hacia ella.

–Gracias –musitó ella.

Estuvo a punto de decir que en realidad el vestido no lo había escogido ella, pero entonces recordó las estrictas instrucciones que le había dado Donatella respecto a no mencionar su encuentro.

–Tú tampoco estás mal.

Decir eso era quedarse corta. Estaba tan guapo que pararía el tráfico. Vestido así, con esmoquin, era la personificación de la elegancia. Y además olía tan bien... El sutil olor de su aftershave la envolvía ahora que lo tenía tan cerca. Demasiado cerca...

–¿Vas a llevar el cabello suelto? –le preguntó Vieri.

A Harper se le cortó el aliento cuando alargó la mano para apartarle el pelo, dejando al descubierto la curva de su cuello.

–Creo que al vestido le iría más un recogido, ¿no crees? Tal vez con unos pendientes adecuados.

–Tal vez –murmuró Harper–. Pero no tengo unos pendientes adecuados.

¿Qué se creía, que tenía una selección de joyas entre las que escoger en cada ocasión?

–Ojalá se me hubiera ocurrido antes –dijo Vieri, abrasándola con sus ojos azules–. Habría hecho que te trajeran varios pares.

–Es igual –contestó ella, sacudiendo la cabeza para apartar su mano–. Pero sí, me lo recogeré –dijo. Y pasó rápidamente por su lado para huir al cuarto de baño, donde tenía el neceser, con algunas horquillas y pinzas del pelo que podría utilizar–. ¿Quieres esperarme abajo, en el vestíbulo?

–No, estoy bien aquí.

Al mirarse en el espejo del lavabo Harper vio el rubor en sus mejillas y resopló con fastidio. ¿Cómo iba a poder estar siquiera de pie a su lado, en la fiesta, intentando parecer su elegante y sofisticada prometida, cuando se ponía así solo con que la tocara?

Se recogió el cabello del modo más estiloso que pudo, sujetándolo con unas cuantas horquillas y luego, intentando relajar sus facciones, salió del cuarto de baño.

Vieri, que estaba despatarrado en un sillón, con una pierna encima del brazo de este, se levantó al verla aparecer. Sus ojos azules la miraron de arriba abajo, pero no hizo ningún comentario. Harper pasó junto a él para ir al vestidor por la caja de los zapatos que iba a ponerse y, algo cohibida, se los calzó con pretendida naturalidad, como si para ella unos carísimos zapatos de tacón de aguja como aquellos fueran algo de lo más habitual. Luego se echó por los hombros el chal de cachemira que iba con el vestido, tomó el bolso de mano y se volvió hacia Vieri.

Este fue junto a ella y le ofreció su brazo. Harper se agarró y así, tan cerca de él, sintió que el pulso se le disparaba.

–¿Lista?

Aunque no se sentía preparada en absoluto, Harper asintió.

–Pues entonces, vámonos –dijo él.

Y, mientras se dirigían hacia la puerta, Harper intentó disimular su paso vacilante, que sabía que no se debía solo a los diez centímetros de tacón.

El Baile de Invierno era un evento grandioso que se celebraba en un castillo medieval no muy lejos de Palermo. El salón de baile había sido transformado en un paisaje invernal, con falsos carámbanos de hielo colgando del techo, ornamentos con forma de copos de nieve en las paredes y enormes esculturas de hielo de bestias fantásticas. Mientras cruzaban las puertas, Harper se fijó en que la mayoría de las mujeres iban vestidas con colores de invierno: azul hielo, plata, blanco... Y en cambio allí estaba ella, vestida de rojo pasión.

–¿Por qué no me lo dijiste? –increpó a Vieri al oído mientras entregaba, de mala gana, su chal a la empleada del guardarropa.

Había tenido la esperanza de poder dejárselo puesto toda la noche para estar un poco más tapada.

–¿El qué? –preguntó Vieri.

–Pues que todo el mundo iría vestido de... de colores fríos.

–Yo tampoco lo sabía –contestó él, paseando la mirada por el salón con indiferencia.

Harper no podría haberse sentido más incómoda; destacaba como una amapola en medio de un campo de blancos lirios. Sin embargo, nada podía hacer. Con el brazo alrededor de su cintura, Vieri la conducía hacia el interior del salón, y todo el mundo giraba la cabeza para mirarlos, o eso le parecía.

Unos minutos después Harper se había bebido ya la mitad de la copa de champán que un camarero les había ofrecido al pasar. Se sentía completamente fuera de su elemento. Al contrario que su hermana, ella jamás había aspirado a vivir a lo grande, y la vida de la gente rica y famosa no le interesaba en absoluto.

Mientras Leah devoraba revistas del corazón, ella repasaba los libros de cuentas de su padre para asegurarse de que todo cuadraba antes de entregárselos al contable del propietario de la finca. Su mayor temor era que el propietario despidiera a su padre y perdieran su hogar. Y por eso estaba todo el tiempo preocupada, luchando por que su padre se mantuviera sobrio y cubriéndole las espaldas hasta donde podía, incluso haciendo parte de su trabajo por él.

Sin embargo, esa noche tenía otra tarea: desempeñar el papel de la enamorada prometida de Vieri Romano. Aunque no sabía cómo se suponía que iba a hacerlo cuando Vieri llevaba ignorándola prácticamente desde que habían llegado.

Apuró su copa y la cambió por una llena de la bandeja de otro camarero que pasaba. Una risa estrepitosa la hizo girar la cabeza, y vio a una guapa rubia poniendo la mano en el brazo de Vieri, a unos metros de ella, y diciéndole algo al oído entre risitas. Harper apartó la vista y trató de ignorar la punzada de dolor que había sentido de pronto en el pecho.

–¿*Signorina?* –la llamó una voz masculina a su lado.

Al volverse, vio plantado ante ella a un joven apuesto.

—¿Querría hacerme el honor de concederme el siguiente baile?

¿Por qué no? Al fin y al cabo Vieri no le estaba haciendo ningún caso. Por lo menos se divertiría un poco. Esbozó una sonrisa y, aceptando la mano que le tendía, dejó que la condujera a la pista.

Vieri paseó la mirada por la pista de baile en busca de Harper. No le costó encontrarla; enseguida vio un destello rojo por el rabillo del ojo y la vio bailando con otro hombre. De hecho, otros cuantos, de distintas edades, parecían estar esperando su turno para bailar con ella.

Había llegado el momento de poner fin a aquello. Dejó su copa sobre la mesa alargada que había junto a la pared, con los aperitivos, y fue hacia la pista. Como su «prometida», se suponía que debía permanecer a su lado en la fiesta, comportarse con decoro y hablar poco, pero en vez de eso había desaparecido en cuanto él se había dado la vuelta.

Una profunda irritación se apoderó de él, junto con otra emoción que se parecía sospechosamente a los celos. ¿Y qué si era así?, se dijo apretando la mandíbula. Si iba a bailar con alguien, debería ser con él.

¿Lo estaría haciendo a propósito?, ¿por darle en las narices? Jamás se habría esperado algo así de Harper, que siempre se mostraba tan directa. Era una de las cosas que le gustaban de ella. Pero esa vez se había pasado de la raya. Si no se trataba de un jueguecito estúpido, ya iba siendo hora de que le recordase sus obligaciones hacia él.

Zigzagueó entre la gente, y se detuvo junto a Harper y su pareja de baile, Hans Langenberg, el heredero de un pequeño principado europeo, antes de darle a este un par de palmadas en el hombro.

–Disculpa, Langenberg.

–¡Vaya! ¡Vieri Romano...! –exclamó el príncipe Hans, volviéndose hacia él–. Espero que no hayas venido a aguarme la fiesta.

–Si con eso te refieres a reclamar a mi prometida para bailar con ella, sí, me temo que sí.

–¿Tu prometida? –repitió el príncipe, mirándolo con renovado respeto–. De modo que es cierto... Bueno, pues me quito el sombrero ante ti. Has hecho una excelente elección... Aunque no puedo ocultar mi decepción –añadió–. Confiaba en tener alguna oportunidad con esta damisela.

–Pues lo siento, pero va a ser que no –le espetó Vieri.

Y, dejándose llevar por un arranque posesivo, se interpuso entre ellos y rodeó la cintura de Harper con el brazo. Un cosquilleo lo recorrió cuando sus dedos rozaron la piel desnuda del hueco de su espalda, pero luego volvió a invadirlo la irritación al pensar que otros hombres también habían puesto su mano allí esa noche.

–Por si te has olvidado, estoy aquí, y sé defenderme sola –le dijo Harper.

Había una nota de triunfo en su voz, y los ojos le brillaban, como si quisiera darle a entender que lo había pillado, que se había delatado a sí mismo.

–Yo eso no lo dudo ni por un momento, señorita McDonald –intervino Hans, besándole la mano y haciéndole una pequeña reverencia–. ¿Puedo decirle simplemente que ha sido un placer? Y si en algún momento cambiara de opinión...

Vieri atrajo a Harper un poco más hacia sí y miró a Hans de un modo amenazador.

–Ni lo pienses, Langenberg.

–Vaya, perdona –contestó Hans, frunciendo el ceño–. No pretendía pisarte el terreno.

–El terreno de mi prometido no sé, pero a mí sí me ha pisado un par de veces mientras bailábamos –dijo Harper.

Los dos hombres giraron la cabeza para mirarla, y ella soltó una risita boba. Vieri le lanzó una mirada furibunda. Estaba borracha; tenía que estarlo.

–Y tú, jovencita, necesitas un poco de aire fresco –dijo tomándola de la mano–. Nos vamos.

Tiró de ella y se abrió paso entre la gente, ignorando a todos aquellos que intentaban detenerlo para decirle algo. Abandonaron el salón y la llevó por un largo corredor, con los zapatos de Harper haciendo ruido sobre las losas de piedra, hasta llegar a una antiquísima puerta de madera de roble. Vieri la abrió, y salieron a un patio.

Allí fuera, en el silencio y la oscuridad de la noche, la música del salón de baile apenas se oía. Hacía un poco de frío, y cuando Vieri vio a Harper estremecerse, se quitó la chaqueta para ponérsela.

–Toma –dijo colocándosela sobre los hombros–. Y ahora dime –la conminó, sujetándola por los brazos–, ¿cuántas copas te has bebido?

–No lo sé –contestó ella desafiante, levantando la barbilla–. No llevaba la cuenta. ¿Y tú?

–Para tu información, yo estoy completamente sobrio.

–¿En serio? –dijo ella, arrugando la nariz–. ¡Qué soso eres! –se quitó la chaqueta y se la tendió–. No necesito esto. Estoy acostumbrada al frío. En comparación con el sitio de donde vengo, diríamos que esta temperatura es hasta agradable.

–Pues para nosotros no lo es, y no voy a dejar que te resfríes –replicó él, echándole de nuevo la chaqueta por los hombros.

–¿Por qué no dejas de darme órdenes y decirme lo que tengo que hacer? –lo increpó Harper. Se alejó unos pasos y se volvió hacia él, sujetando la chaqueta por las solapas con ambas manos–. Pero gracias por traerme a esta fiesta contigo. Lo he pasado muy bien.

Sí, de eso ya se había dado cuenta..., pensó Vieri, apretando la mandíbula. Pero si lo que pretendía era provocarlo para iniciar una discusión, no lo iba a conseguir.

–Deberías darle las gracias a Alfonso. La idea fue suya.

–Lo haré la próxima vez que vayamos a visitarlo. Es un hombre encantador. Y tan generoso... Todas las personas con las que he hablado esta noche lo admiran muchísimo.

–Sí –dijo Vieri con voz ronca–. Lo sé.

–Es tan triste pensar que se va a morir... –murmuró Harper.

–Todos moriremos antes o después.

–Ya, eso es cierto –murmuró ella. Se alejó hasta el centro del patio y echó la cabeza hacia atrás para mirar el cielo–. Cuando nuestra madre murió, a Leah y a mí nos dijeron que se había convertido en una estrella. Aunque solo éramos unas niñas, no nos lo creímos, pero en las noches como esta, en que el cielo está cuajado de estrellas, me encuentro preguntándome cuál de todas será ella. Es una tontería, lo sé –dijo bajando la cabeza.

–No es una tontería –replicó Vieri quedamente, yendo a su lado–. Es una manera de recordarla –se quedaron callados un momento–. ¿Cuántos años teníais, cuando murió?

–Doce –contestó Harper, volviéndose para mirarlo.

–¿Y cómo ocurrió? –inquirió Vieri.

De pronto sentía la necesidad de conocer los detalles para intentar entender aquel suceso que tan claramente había marcado la vida de Harper.

–Aquella noche mi padre estaba fuera, porque había ido a echar una mano en otra finca cercana –comenzó a explicarle ella. Se notaba que le costaba hablar de ello, incluso después de tantos años–. Mi madre oyó ruidos, y creyendo que eran cazadores furtivos, tomó la escopeta de mi padre y salió con ella para intentar ahuyentarlos. Estaba oscuro, y no estaba acostumbrada a manejar un arma. Tropezó y...

–Lo siento –murmuró Vieri mirándola a los ojos–. Debió ser muy duro para vosotros.

–Sí. Muy duro. Mi padre jamás se lo perdonó. Estaba convencido de que aquello ocurrió por su culpa.

Y a ella le había tocado recoger los platos rotos,

pensó Vieri. Harper no lo dijo, pero no hacía falta, se dijo observando su orgullosa silueta a la tenue luz de la luna. En su rostro se leía el cariño hacia su familia, la compasión hacia su padre, la pesada responsabilidad que llevaba sobre esos delicados hombros. Era evidente que haría cualquier cosa por su familia, y seguramente ni su padre ni su hermana eran conscientes de todos sus sacrificios. Pero, si ellos pecaban de no valorarla lo suficiente, ¿qué podía decirse de él, que estaba utilizándola en su propio beneficio? Aquel pensamiento lo hizo sentir incómodo.

—En fin... —murmuró ella con una sonrisa forzada—, no quiero seguir hablando de cosas tristes. Lo que quiero hacer es bailar —lo miró con arrojo—. Contigo, quiero decir.

Vieri sacudió la cabeza.

—No vamos a volver ahí dentro.

—¿Quién ha hablado de volver dentro? —replicó ella. Se quitó la chaqueta y extendió el brazo—. Podemos bailar aquí, bajo las estrellas —añadió, dejando caer la chaqueta, en un gesto teatral.

—Harper...

—Venga, será divertido —insistió avanzando hacia él, tendiéndole los brazos.

Era una invitación tentadora, muy tentadora, pensó Vieri al verla colocarse frente a él con ese sensual vestido escarlata, y de pronto comprendió por qué el color rojo simbolizaba el peligro. Un peligro que se multiplicó por mil cuando le echó los brazos al cuello.

Logró resistirse un total de dos segundos. Luego le rodeó la cintura con los brazos y la atrajo hacia sí.

Empezaron a mecerse al ritmo de la música, apenas audible, que les llegaba desde el interior, y Harper apoyó su voluptuoso cuerpo contra el de él.

Vieri cerró los ojos, solo un momento. Aquello era agradable. Demasiado agradable... Ya se sentía culpable por estar utilizando a Harper; no podía aprovecharse aún más de ella, se dijo. Pero cuando sus manos se deslizaron sobre sus firmes nalgas, le resultó tan difícil contenerse... Su propio cuerpo estaba rebelándose, excitándose con el roce del de ella, con el olor de su pelo, con los eróticos movimientos de sus caderas mientras bailaban...

—¡Basta! —exclamó, deteniéndose y apartando a Harper de sí.

Al verla mirarlo sobresaltada se dio cuenta de lo brusco que había sido, e iba a disculparse, pero antes de que pudiera hacerlo Harper habló.

—Está bien, capto el mensaje —murmuró alisando la falda del vestido con las manos. Lo miró irritada y añadió—: Mejor que no bailemos, no vaya a ser que nos divirtamos.

—Creo que por esta noche ya te has divertido bastante.

—Y tú supongo que no, ¿no? Excepto cuando te tomabas la molestia de mirarme de cuando en cuando para lanzarme esas miradas asesinas.

—Me sorprende que te dieras cuenta. Parecías muy ocupada, saliendo a bailar con cualquiera que te lo pidiera...

—Si me hubieras prestado un poco más de atención, quizá no habría tenido que bailar con cualquiera —le espetó ella, resoplando indignada—. Fuiste tú quien dijiste que teníamos que resultar convincentes como pareja y luego, a los pocos minutos de llegar, te desentendiste de mí y te pusiste a dar vueltas por el salón, rodeado de una cohorte de admiradoras.

—Solo estaba cumpliendo con las normas básicas de etiqueta.

—Pues quizá deberías haber pasado menos tiempo socializando, y haber estado un poco más pendiente de tu «prometida».

—Lo habría hecho, si hubiera tenido oportunidad.

—Ni siquiera lo has intentado, Vieri.

Se quedaron mirándose el uno al otro de un modo hostil.

—Así que por eso te has estado comportando de ese modo tan poco decoroso —dijo él—. Para ponerme celoso.

Harper soltó una risa seca y despectiva.

—Siento decepcionarte y herir tu monumental ego, pero solo me estaba divirtiendo, disfrutando de la compañía de hombres, que a diferencia de ti, saben comportarse con caballerosidad.

—¿Caballerosidad? ¡Y un cuerno! —exclamó Vieri—. Vi cómo te estaba mirando Langenberg, y no había nada de caballerosidad en su mirada.

—Me acusas de querer darte celos, pero es evidente que para eso no necesitas ninguna ayuda.

—Tonterías.

—Y ya que hablamos de celos... ¿a qué venía esa actitud de macho alfa delante del príncipe Hans? Todo eso de: «Ni lo pienses, Langenberg»... —le dijo ella, remedando su voz.

A Vieri le hervía la sangre en las venas.

—Ya basta —le dijo irritado. Harper estaba pasándose de la raya—. Nos vamos de aquí.

—¿Y si yo no quiero irme? ¿Y si quiero quedarme y disfrutar de la fiesta un poco más?

—Tú en esto no tienes ni voz ni voto. La fiesta se ha acabado —le contestó Vieri con aspereza. Recogió la chaqueta del suelo y, enganchando el pulgar en la etiqueta, se la colgó del hombro—. Nos vamos. ¡Ahora!

Capítulo 6

TOMA, bébete esto –dijo Vieri, poniendo una taza de café sobre la mesita.

–Por última vez: no estoy borracha –le repitió Harper enfadada, cruzándose de brazos y mirándolo furibunda cuando se sentó en el otro sofá, frente a ella.

Era la verdad. Quizá hubiera tomado alguna copa de más en la fiesta; ¿por qué si no habría hecho algo tan estúpido como pedirle que bailara con ella?, pero el modo en que la había apartado, y lo callado y malhumorado que había estado en el coche, de vuelta al hotel, la habían espabilado del todo.

Probablemente debería haberse ido directamente a su habitación al llegar, y esa había sido su intención cuando Vieri se había puesto a hacer café, pero de camino allí se había dado cuenta de que con eso solo conseguiría que se diera cuenta de hasta qué punto le había molestado cómo la había tratado esa noche.

Se llevó la taza a los labios y tomó un sorbo, mirándolo enfurruñada. Vieri se había deshecho la pajarita, cuyos extremos colgaban sobre el blanco inmaculado de la camisa, se había desabrochado un par de botones, y también se había remangado, dejando al descubierto sus antebrazos bronceados.

—Pues si estás sobria, hay un par de cosas que quiero hablar contigo.

—Adelante —contestó ella con fingida indiferencia, alisando los pliegues del vestido.

—En primer lugar, he pensado que querrías saber que tu hermana ha aparecido.

—¿Leah? —exclamó Harper. Y, abandonando su pose de frialdad, se levantó y fue a sentarse a su lado—. ¡Gracias a Dios! ¿Está bien?

—Hasta donde yo sé, sí.

—Gracias a Dios... —murmuró ella de nuevo, suspirando aliviada—. ¿Y dónde está? ¿Cómo la has encontrado?

—Mis hombres le han seguido la pista hasta un casino en Atlantic City y han ido por ella.

—Un casino... —repitió ella, alarmada.

Con Leah siempre era igual. Despertaba ese fiero instinto protector en ella, como si Dios la hubiese puesto en la tierra con el único propósito de salvar a su hermana gemela. Y en cierto modo así había sido.

En su infancia Leah había sido una niña enfermiza, y le habían diagnosticado insuficiencia renal poco después de la muerte de su madre. Les dijeron que necesitaba un transplante de riñón, y les hicieron análisis a su padre y a ella para ver si podían ser donantes viables. Los análisis de Harper mostraron un cien por cien de compatibilidad, pero, al ser menor, tuvieron que esperar cuatro largos años hasta que se pudo llevar a cabo el transplante. Por suerte fue un éxito, pero aun después de aquello Harper continuó preocupándose constantemente por Leah, probablemente más de lo que debería.

–¿Quieres decir que has mandado a tus hombres a recogerla?

–Exacto.

Harper se acordó de los dos brutos que la habían llevado a rastras a su despacho en el Spectrum, creyendo que era Leah, y la rudeza con que la habían tratado.

–Pues más vale que no le hayan hecho daño. Te lo advierto, Vieri: si uno de tus matones le toca un pelo a mi hermana...

Vieri resopló con desdén.

–Perdona que no me muestre aterrado ante tus amenazas.

Su sarcasmo no hizo sino irritarla aún más.

–Lo digo en serio. Si le pasa algo a Leah, ya puedes ir olvidándote de esta pantomima, porque iré y le contaré todo a tu padrino.

–¿Ah, sí? –Vieri se echó hacia atrás–. ¿Incluido el pequeño detalle de que tu querida hermana me engañó y se largó con los quince mil dólares que le había dado?

Harper se quedó callada un momento.

–Si fuera necesario, sí, lo haré. Alfonso lo entenderá. Es un buen hombre. Quizá se merece saber la verdad.

–Y quizá tú deberías pensártelo dos veces antes de continuar con esta conversación –le respondió él–. No voy a permitir que me chantajees, Harper. Sabías a lo que te exponías cuando te comprometiste a responder por tu hermana. O sigues adelante con nuestro acuerdo, o recoges tus cosas y te largas de aquí. La decisión es tuya –sus ojos azules relampaguearon–. Pero ten presente que, si te marchas, la deuda seguirá pendiente.

Harper se quedó mirándolo, presa de una mezcla de miedo, ira y frustración.

–¿Me estás amenazando?

–Interprétalo como quieras.

–¿Y qué crees que pensaría Alfonso de eso?, ¿de que estés dispuesto a perseguir a dos jóvenes por una suma de dinero que es irrisoria para ti?

–No metas a mi padrino en esto –le dijo él en un tono peligroso.

–Quizá necesite saber que eres un abusón, un matón.

–¿Perdona? –dijo Vieri furioso, inclinándose hacia ella–. ¿Qué acabas de llamarme?

Harper tragó saliva. Quizá había ido demasiado lejos, pero su orgullo le impedía dar marcha atrás. Estaba preocupada por Leah y por lo que podría pasarle si intentaba abandonar aquella detestable pantomima.

–Lo que has oído. No me intimidas, Vieri. Pero sé que disfrutarías con ello, ¿verdad? –lo pinchó–. Te encantaría verme acobardada.

–Al contrario –replicó él deslizando los dedos por el contorno de su mandíbula, antes de tomarla de la barbilla–. Lo que me encantaría es que cumplas con las condiciones de nuestro acuerdo y empieces a comportarte como mi prometida.

–Pero...

Vieri le impuso silencio poniendo un dedo de la otra mano sobre sus labios.

–Lo que me encantaría –añadió–, sería que empezaras a mostrarme algún respeto.

Harper tragó saliva. Las mejillas le ardían y tenía el corazón desbocado.

—Empezaré a mostrarte respeto cuando piense que te lo has ganado.

—¿Ah, sí? —Vieri dejó escapar una risa fría y se inclinó un poco más—. Y dime, solo por seguirte la corriente: ¿qué tengo que hacer exactamente para ganarme tu respeto? Porque parece que no es suficiente con que haya dejado escapar a la ladrona de tu hermana. Ni que me haya tomado las molestias de buscarla, y de pagarle un billete de avión para que vuelva a Escocia.

—¿Qué has dicho? —preguntó Harper en un hilo de voz.

—He dicho que la he mandado de vuelta a Escocia. Para tu información, eso es lo que han estado haciendo mis «matones». Les di instrucciones para que llevaran a tu hermana al aeropuerto y la subieran a un avión con rumbo a Glasgow —miró su reloj—. Debería llegar allí dentro de un par de horas.

—Vaya... —musitó Harper.

—Sí, vaya...

Vieri le soltó la barbilla y la asió por la nuca para besarla. Harper cerró los ojos cuando sus labios se unieron, y pronto el beso se tornó apasionado y muy sensual. No podía resistirse, y abrió la boca para dejar que entrara en ella la lengua de Vieri mientras ella respondía con frenesí, apretándose contra él.

Los dedos de Vieri le acariciaron la nuca, haciéndola estremecerse de placer, y luego subieron a su pelo para quitarle una tras otra las horquillas, hasta que las suaves ondas cobrizas cayeron sobre sus hombros. Separó sus labios de los de ella y se quedó mirándola. Harper parpadeó, aturdida, con el corazón martilleándole en el pecho.

Vieri la agarró por la melena y sus labios descendieron de nuevo sobre los suyos, ardientes y decididos.

Harper le rodeó el cuello con los brazos, enredando los dedos en su pelo mientras la mano libre de Vieri subía a su espalda desnuda. Sus labios se despegaron un instante, lo justo para que Harper aspirara una bocanada de aire, y luego Vieri empezó a besarla de nuevo con renovada pasión al tiempo que la tumbaba en el sofá y se colocaba sobre ella.

–Me vuelves loco... ¿Lo sabes? –le dijo al oído–. Tú y este condenado vestido que lleva atormentándome toda la noche... Desde que te lo vi puesto no he podido dejar de pensar en el modo de quitártelo.

Apoyándose en los antebrazos, inclinó un poco la cabeza para rozarle el escote con el pelo. Harper cerró los ojos y poco después sintió como los húmedos labios de Vieri recorrían la curva de sus senos, haciendo que se le pusiera la piel de gallina.

–Bueno... –murmuró–... esa no fue nunca mi intención.

–¿Ah, no? –susurró Vieri contra su piel–. Pues me tenías engañado –añadió levantando la cabeza, antes de bajarle lentamente los tirantes–, porque yo hubiera dicho que sabías muy bien lo que hacías al escoger este vestido.

–Es que ahí es... donde está la gracia –balbució ella mientras Vieri lamía el valle entre sus pechos–: no lo escogí yo.

–¿No? –inquirió Vieri, tomando uno de sus senos y estrujándolo suavemente–. ¿Entonces quién? Me gustaría darle las gracias.

Se movió un poco para apretar su ingle contra la de ella, y su miembro endurecido hizo que una ráfaga de deseo sacudiese a Harper.

–Fue alguien con quien me encontré por casualidad en la tienda de ropa –contestó ella con voz ronca–. De hecho, es alguien a quien conoces. Fue ella quien me dijo que no te gustaría el vestido que había elegido.

–Interesante... ¿Y quién es esa mujer misteriosa con tan buen gusto?

–Es que... no puedo decírtelo. Se supone que no debía contártelo.

–Entonces tendré que pensar en una manera de sonsacarte esa información. Déjame ver... –murmuró. Sus ojos descendieron por su rostro hasta sus senos erguidos, que subían y bajaban por su respiración agitada–. ¿Por dónde podría empezar?

Le bajó el cuerpo del vestido, liberando sus pechos, y se quedó mirándola un momento, de un modo lujurioso. Los pezones de Harper se endurecieron, y cuando él sostuvo sus senos por debajo con ambas manos, solo le faltó gemir de placer.

Vieri inclinó la cabeza hasta que su boca estuvo solo a unos milímetros de uno de sus pechos, y sintió la caricia de su cálido aliento antes de que tomara el pezón en su boca. Entonces sí que escapó un largo gemido de éxtasis de su garganta. Y cuando Vieri empezó a lamer el pezón, deteniéndose solo para succionarlo suavemente, una y otra vez, Harper lo asió por la nuca, sosteniéndole la cabeza contra sí, temiendo que aquella deliciosa tortura pudiese acabar.

Pero al cabo de un rato Vieri levantó la cabeza con una media sonrisa en los labios.

—¿Estoy más cerca de romper tu código de silencio? Porque si no, estaré encantado de continuar.

«¡Sí, por favor...!», gritó Harper para sus adentros. Sabía que estaba picándola, que le daba exactamente igual quién había escogido el vestido.

—Te daré una pista —murmuró arqueando la espalda, en una muda invitación para que siguiera devorando sus pechos—: casi estáis emparentados.

Vieri frunció el ceño y agachó la cabeza de nuevo.

—Eso es difícil —murmuró, trazando con el índice el contorno de uno de sus pezones—, teniendo en cuenta que no tengo ningún pariente vivo —se inclinó para tomarlo en su boca y Harper gimió otra vez.

—Pues piensa en tu padrino.

—¿Alfonso? —inquirió Vieri, antes de cerrar de nuevo los labios sobre su pezón—. ¿Qué tiene él que ver en esto?

—Porque es su sobrina, ¡Donatella!

—¿Donatella?

La reacción que tuvo Vieri al oír ese nombre no pudo ser más extrema. Como si hubiera sufrido la mordedura de una serpiente venenosa, todo su cuerpo se puso rígido. Harper lo miró aturdida.

—¿Estás diciéndome que Donatella Sorrentino escogió este vestido para ti? —dijo agarrándola por los hombros.

—Sí. ¿Por qué?, ¿acaso importa eso?

La respuesta de Vieri fue una palabrota en italiano mascullada entre dientes. La soltó, bajó al suelo y se quedó mirándola un momento con un odio feroz. Luego le dio la espalda y se alejó unos pasos, como si no pudiera soportar seguir allí, junto a ella.

Harper se incorporó y bajó la vista a su cuerpo. Sus senos seguían desnudos, y sus pezones aún palpitaban de excitación. Apenas acababa de ponerse bien el vestido cuando Vieri se volvió para mirarla, lleno de resentimiento.

–Vete a la cama –le ordenó.

Harper no pensó siquiera en replicar. Se levantó, pasó a toda prisa por delante de él y no paró hasta llegar a su habitación y cerrar tras de sí. Solo entonces se permitió respirar, con la espalda apoyada en la puerta, y se deslizó despacio contra ella hasta quedar sentada en el suelo. Solo entonces, con el resquemor en la garganta de las lágrimas que estaba conteniendo, se permitió llorar y entregarse al sentimiento de rabia y tristeza que la invadía.

Capítulo 7

HACIÉNDOLE una señal al barman para que volviera a llenarle el vaso, Vieri apuró el whisky que quedaba en él y lo plantó en la barra. Se bebería ese último vaso y se iría, se dijo mientras el barman lo rellenaba. Estar sentado bebiendo en aquel baruco no estaba mejorando en absoluto su estado de ánimo en absoluto, y empezaba a dolerle la cabeza.

La idea de que Donatella estuviese allí, en Palermo, le daba escalofríos y hacía que le hirviese la sangre. Probablemente había vuelto porque había oído que Alfonso estaba muy enfermo y por eso merodeaba por allí, como un buitre volando en círculos, esperando la muerte de una presa antes de lanzarse sobre ella.

Pero se iba a llevar una gran decepción. Aunque fuera sobrina de Alfonso, y su único pariente vivo, como albacea de su padrino, Vieri sabía que no recibiría ni un céntimo de su herencia. Todo su patrimonio se dividiría entre las muchas asociaciones benéficas con las que colaboraba. Hacía tiempo que había desheredado a su sobrina, después de la noche en que su hermano, el padre de Donatella, había sido acribillado a balazos, y ella no había derramado ni una lágrima.

Lo repugnaba pensar que él había llegado a acostarse con aquella mujer, soñado con un futuro con ella. Ciego a sus defectos, había seguido suspirando por ella mucho después de que cortara con él sin la menor compasión. Pero eso había cambiado cuando había descubierto su traición final, y su devoción irracional hacia ella se había transformado en un peso envenenado que tenía sobre su alma desde entonces.

Había descubierto la verdad por accidente. Meses después de que Donatella pusiera fin a su relación, Vieri estaba saliendo con una chica, y un día a esta se le había escapado que su hermana era enfermera en una clínica privada, y que Donatella Sorrentino había ido allí para que le practicaran un aborto.

Vieri había sabido de inmediato que el hijo tenía por fuerza que ser suyo y la noticia lo había enfurecido. Le había pedido a la chica que averiguara en qué fecha había acudido a la clínica, y ya no le quedó duda alguna: el hijo era suyo. Sin siquiera mencionarle que estaba embarazada, Donatella había ido a que le hicieran un aborto, a acabar con la vida de su hijo. Un hijo que habría sido su única familia.

Gracias a Alfonso no había tenido la oportunidad de llevar a cabo su venganza. En vez de dejar que fuera tras Donatella para cometer Dios sabía qué locura, su padrino lo había subido a un avión a Nueva York, obligándolo a concentrarse en labrarse un porvenir y cambiar su vida. Y se sentía muy agradecido por eso.

No había vuelto a ver a Donatella desde el día en que esta le había dicho que lo suyo se había acabado, y el pensar que ahora estaba allí, en Palermo, lo llenaba de ira. Y más aún lo enfurecía el hecho de que se hubiese acercado a Harper.

Se bebió de un trago el vaso entero, pero el alcohol no conseguía borrar de su mente el temor de que aquella víbora pudiese intentar corromper a su Harper. ¿Su Harper? ¿De dónde había salido ese pensamiento? ¿Cuándo había empezado a pensar en Harper como algo de su propiedad?, se preguntó, tamborileando con los dedos en la barra. Claro que tampoco podía negar que había algo que lo atraía de ella, y no solo en el sentido sexual. Era algo más profundo, una emoción que jamás había experimentado y que prefería no analizar.

Apoyó la cabeza en las manos. Aquella noche había sido un desastre. Su plan había sido dejar que Harper disfrutara de la fiesta, llevarla de vuelta al hotel, ablandarla con la noticia de que Leah estaba sana y salva, y luego soltarle la bomba de que su acuerdo había cambiado, de que iban a tener que casarse. Sospechaba que no se lo tomaría bien, pero no había visto ninguna otra alternativa.

Entonces recordó la expresión aturdida de Harper cuando la había apartado de él, después de que ella mencionara a Donatella. Lo había mirado dolida antes de obedecerlo y marcharse a su habitación.

De eso hacía ya dos horas y unos cuantos vasos de whisky, pero el recuerdo hizo que apretara la mandíbula, molesto consigo mismo. Harper no se merecía que la tratara con ese cruel desprecio. No debería haber pagado con ella su ira hacia Donatella.

Pero quizá fuera lo mejor. Arrojó unos cuantos billetes sobre la barra y se levantó del taburete tambaleándose ligeramente. Por el bien de Harper tenían que mantener su relación dentro de los límites de lo que era: solo un acuerdo. Tenía que protegerla de él. No quería hacerle daño. Y eso sería lo que acabaría pasando si Harper se enamorase de él. Porque era emocionalmente estéril, no tenía nada que dar. Donatella había convertido en un desierto su corazón.

Salió del bar y el aire frío lo golpeó en la cara, despejándolo un poco. Se metió las manos en los bolsillos del pantalón y se puso a buscar un taxi que lo llevara al hotel.

–¿Harper?, ¿eres tú? –murmuró Leah, adormilada, al otro lado de la línea.

Harper nunca se había alegrado tanto de oír la voz de su hermana.

–Sí, soy yo.

Se había pasado despierta casi toda la noche, esperando para poder llamar a casa, y la espera se le había hecho eterna.

–¿Qué hora es? –preguntó Leah en un susurro.

–Aquí en Sicilia son casi las siete de la mañana.

–¿Sicilia? –repitió Leah, ahora ya completamente despierta–. ¿Qué diablos haces ahí?

–¿Qué diablos crees que hago? –le espetó Harper enfadada–. Arreglar el desaguisado que has montado, por supuesto. ¿Cómo pudiste, Leah?, ¿cómo pudiste desaparecer sin decir nada llevándote quince mil dólares?

–Ah, ¿te has enterado? –murmuró su hermana en tono compungido.

–Pues claro que me he enterado. Por eso estoy aquí, pagando tu deuda.

–¿Pero cómo? Quiero decir que no entiendo nada.

–Cuando desapareciste sin dejar rastro... y gracias por preocuparme, por cierto... tuve que ir a buscarte. Fui al Spectrum y...

–¿Volaste a Nueva York?

–No, fui nadando. ¡Pues claro que volé a Nueva York! –contestó Harper irritada–. Me agarraron dos matones de Vieri Romano pensando que eras tú, y me llevaron ante él. Cuando se aclaró el malentendido me contó que habías desaparecido con ese dinero.

–Dios, Harper... Lo siento tanto...

–Que lo sientas no arregla nada. Así que, vamos, estoy esperando: ¿por qué diablos lo hiciste?

Leah se quedó callada un momento.

–Es una historia un poco larga. Conocí a un tipo, Max Rodríguez, que además de ser gerente en el Spectrum también decía que se le daban bien los juegos de apuestas. Me dijo que, si le dejaba el dinero, podía duplicar, o incluso triplicar esa cantidad en una sola noche.

–¿Y le creíste?

–Bueno... lo que decía sonaba muy convincente.

–¿Y no se te ocurrió preguntarte por qué, si se le daban también las apuestas, seguía teniendo que trabajar en un club nocturno? ¡Por amor de Dios, Leah!

–Es que pensé que así podría devolverle el dinero a Vieri y enviar el resto del dinero a casa, para aliviar un poco la presión que tenéis papá y tú con todos los gastos.

Harper sintió que su enfado empezaba a diluirse. Aquello era típico de Leah: embarcarse en algo descabellado que acarreaba problemas a todos los que la rodeaban, y sobre todo a sí misma, pero solo porque quería ayudar. Generosa a más no poder, siempre hacía lo que no debía por motivos altruistas.

—¿Y qué hizo que ese brillante plan tuyo se fuera al traste?

—Max perdió todo el dinero —le explicó Leah en tono abatido—. Hasta el último centavo. Yo había ido con él al casino de Atlantic City... porque lógicamente no iba a dejar que fuera él solo con mi dinero; tenía que asegurarme de que no se largaría con él. Pero fue después de perderlo todo cuando desapareció. Y yo tuve que quedarme en el casino, trabajando en la cocina para pagar las bebidas que se había tomado y la suite que había reservado, todo con mi dinero.

—Técnicamente creo que el dinero era de Vieri, ¿no? —apuntó Harper enarcando una ceja.

—Bueno, sí.

—¡Ay, Leah! ¿Y por qué no me llamaste para pedirme ayuda?

—Porque me daba vergüenza. Porque había vuelto a meter la pata. Creo que tenía la esperanza de poder devolverle el dinero a Vieri y que no tuviera que enterarse nadie.

—¿Y cómo esperabas hacerlo?

—No sé: ¿robando un banco?, ¿casándome con un hombre rico?, ¿vendiendo mi cuerpo al mayor postor?

—¡Leah!

—Y yo qué sé, Harper, no tenía ni idea de qué hacer más allá de esconderme y trabajar para ahorrar todo lo que pudiera para al menos empezar a devolverle una parte del dinero.

–¿Pero en qué estabas pensando? –la increpó Harper, cambiándose de oreja el teléfono–. Aun en el caso de que, por un milagro, no hubieras perdido el dinero, ¿qué pasa con el acuerdo al que llegaste con Vieri? ¿Es que no te importaba dejarlo en la estacada?

–¡Venga ya, Harper? ¿Por qué iba a sentir lástima por un multimillonario? Además, la idea ya era estúpida, para empezar.

–Sí, una idea estúpida que ahora me toca a mí llevar a cabo.

–¿Por eso estás en Sicilia? –inquirió Leah–. ¿Has ido para cumplir el acuerdo que hice con Vieri?

–Sí, Leah, eso es exactamente lo que estoy haciendo.

–¿Estás fingiendo que estás prometida con Vieri Romano? –preguntó Leah, y aún tuvo el valor de reírse.

–Es lo que he dicho, ¿no? –contestó Harper irritada–. Y me alegra que lo encuentres tan divertido.

–No, divertido no –dijo Leah, poniéndose seria–. Es solo que me sorprende, eso es todo.

–¿Qué te sorprende?, ¿que me toque una vez más recoger los platos rotos por ti?

Su hermana se quedó callada.

–Perdona, Leah –se disculpó Harper, arrepintiéndose al instante de sus duras palabras–. Lo he dicho sin pensar.

–No, es lo que piensas –murmuró Leah con un suspiro–. Y tienes razón. Las dos sabemos cuántas veces me has sacado de un aprieto. Y lo único que quiero es intentar compensarte por todo lo que haces por ti.

—No tienes que compensarme por nada. Y menos si lo que se te ocurre es acceder a un plan de locos prometiéndote a un multimillonario siciliano.

La alivió oír a su hermana reírse.

—Está bien, tomo nota. Pero al menos podrías dejar que lo arreglara yo. Si me compras un billete de avión a Sicilia, ocuparé tu lugar y así podrás volver a casa.

—No, Leah.

—¿Por qué no? Es la solución más obvia.

—Porque ya es demasiado tarde para eso. Vieri ya me ha presentado a su padrino. Además, él jamás accedería a eso. No quiere verte ni en pintura.

—Pero si somos idénticas... Seguro que no se daría ni cuenta.

—Créeme, sí que se daría cuenta.

Harper se mordió el labio. Había respondido demasiado deprisa; acababa de delatarse.

—Entonces, Vieri y tú... –dijo Leah vacilante–. ¿Habéis intimado?

—¡No!

—¡Ay, mi madre! ¡Te has enamorado de él!

—¡No! ¡Por supuesto que no!

—Ten cuidado, Harps. Sé que es muy guapo y todo eso, pero... un hombre como ese... Va por ahí rompiendo corazones.

—¡Te digo que no me he enamorado de él! Es egoísta, arrogante y controlador. ¿Por qué iba a enamorarme de un hombre así?

—No lo sé, dímelo tú —murmuró su hermana en un tono divertido.

—Mira, Leah, no voy a seguir hablando de esto contigo. Tenemos que hacer un plan para las próximas semanas. No sé cuándo podré volver a Glenruie, pero entretanto tú estás al cargo —le dijo Harper—. ¿Cómo está papá? ¿Lo has visto?

—Todavía no. Cuando llegué anoche era muy tarde. Pero la cocina estaba hecha un desastre.

—Me lo imagino. Tienes que ser estricta con él; no le pases ni una.

—Lo sé, lo sé.

—Y tengo pendientes unos cuantos turnos en Craigmore Lodge. Iba a llamar para decir que no iba a poder hacerlos, pero ya que has vuelto puedes hacerlos tú por mí. Los tengo apuntados en el calendario.

—De acuerdo, está bien —claudicó Leah con un pesado suspiro—. ¿Por qué será que me parece que me llevo la peor parte del trato?

—Leah, no sigas por ahí... —la riñó Harper riéndose—. Escucha, tengo que dejarte. Me alegro de que estés sana y salva.

—Gracias. Y perdona por... ya sabes...

—No hay de qué.

—Te quiero, Harps.

—Y yo a ti.

Harper colgó y fue hasta la ventana. El alba estaba empezando a despuntar sobre la ciudad. El tormento de lo ocurrido la noche anterior entre Vieri y ella no le había dejado conciliar el sueño, y el sentimiento de humillación aún la embargaba. El modo en que había respondido a sus caricias, hasta el punto de que habría llegado a entregarse a él... En un momento estaba derritiéndola con sus besos, y al momento siguiente la había apartado con crueldad, recordándole quién estaba al mando.

Se apartó de la ventana y se sentó en el borde de la cama. Había sido el mencionar a esa tal Donatella lo que lo había puesto fuera de sí. Era evidente que había habido algo entre ellos. ¿Podría ser que hubieran sido amantes? ¿Que aún lo fueran?

Aquel pensamiento se clavó en su ánimo como un cuchillo afilado. Tenía que centrarse en la realidad, se dijo. No era asunto suyo con quién se acostara Vieri. Su «compromiso» solo duraría unas semanas, se recordó tendiéndose y tapándose con el ligero edredón. Se acurrucó y al cabo de un rato por fin se durmió.

Capítulo 8

UNOS fuertes golpes en la puerta despertaron a Harper, que guiñó los ojos por la luz del sol.

–¡Harper! –aquella voz profunda y sonora era inconfundible.

–¿Sí? –respondió adormilada, alcanzando su móvil de la mesilla para ver la hora.

¿Las diez y media? ¿Cómo podía ser tan tarde? Pero antes de que pudiera poner en orden sus pensamientos Vieri entró en tromba en la habitación, y dándole órdenes, como siempre.

–Tienes que levantarte.

Harper se incorporó y se apartó el pelo de los ojos con una mano temblorosa. Por la expresión de Vieri, algo no iba bien.

–¿Qué ocurre? ¿Qué ha pasado?

–He recibido un mensaje de la enfermera de Alfonso –contestó Vieri en un tono tenso–. Tenemos que salir para allá ahora mismo.

A Harper el corazón le dio un vuelco.

–¿Alfonso...? ¿No puede ser que haya...?

–No, no. Es María. Parece que se trata de una emergencia familiar. Tiene que marcharse unos días.

–¡Gracias a Dios! –exclamó Harper con un enorme suspiro de alivio–. No es que no lo sienta por

María, claro —se corrigió, apartando el edredón y bajándose de la cama.

Sin embargo, al ver que Vieri estaba mirándola, se quedó quieta. Llevaba un viejo pijama de cuadros de lana, perfecto para el frío invierno de Escocia, aunque, a juzgar por la expresión de Vieri, parecía que no estaba acostumbrado a ver a una mujer con esa clase de ropa de dormir.

Lo miró azorada, esforzándose por ignorar los fuertes latidos de su corazón. Vieri iba vestido de un modo más informal que de costumbre —con una sudadera gris y unos vaqueros desgastados—, pero no por eso estaba menos atractivo.

La sombra de barba le daba un aire salvaje, y el cabello revuelto, como si no le hubiese dado tiempo a peinarse, lo hacía aún más irresistible. Tal vez ese aspecto desaliñado significara que él también había pasado una mala noche, pensó Harper mordiéndose el labio. Y después de cómo la había tratado, no pudo evitar desear que fuera así.

—¿Y cuál es el plan? —le preguntó, intentando que su voz sonase normal, mientras se remetía el cabello tras las orejas—. ¿No puedes contratar a otra enfermera de forma temporal?

—Ya lo he hecho, pero Alfonso me lo está poniendo difícil. Se ha encabezonado en que te quiere allí con él.

—Vaya —murmuró Harper—. Bueno, pues me visto y nos vamos.

—No es eso —replicó Vieri, vacilante—, me refiero a que quiere que te quedes allí con él hasta que María vuelva.

–Comprendo –dijo Harper, disimulando su sorpresa–. Bueno, no pasa nada, lo haré con mucho gusto –le aseguró. Ya se había encariñado tanto con Alfonso, que haría cualquier cosa por él.

–Yo me iré contigo, por supuesto –dijo Vieri–. María no sabe cuánto tiempo tendrá que estar fuera –añadió–. ¿Tienes alguna obligación pendiente en Escocia que no puedas desatender?

Aquella pregunta pilló desprevenida a Harper. Era la primera vez que Vieri hacía mención a su vida real, la vida que se había visto obligada a dejar aparcada.

–La verdad es que he hablado con Leah esta mañana temprano –contestó, jugueteando con el dobladillo de la camisa del pijama–. Como ya está de vuelta en Glenruie le he pedido que haga mis turnos en Craigmore Lodge y que cuide de nuestro padre.

Vieri asintió brevemente.

–Me ha explicado lo que pasó con el dinero –añadió Harper, dando un paso vacilante hacia él–. Ese hombre, Max, se lo jugó todo en el casino de Atlantic City y desapareció, dejándola tirada. Leah no pretendía robarte; su idea era devolverte el dinero.

–Para mí eso no supone ninguna diferencia –respondió Vieri, que no parecía muy convencido–. Por lo que a mí respecta ese asunto está cerrado. O lo estará del todo, cuando nuestro acuerdo haya concluido.

–Claro –murmuró Harper.

¿De qué servía intentar razonar con aquel hombre?, se preguntó con un pesado suspiro.

–Saldremos dentro de veinte minutos –le dijo Vieri.

–Bien.

Lo siguió con la mirada mientras se daba la vuelta y salía de la habitación. Luego entró en el baño, se quitó el pijama y se metió en la ducha, con la esperanza de que el ruido del agua acallara su aprensión. Parecía que, por más que intentase protegerse, el control que Vieri ejercía sobre ella era cada vez mayor. Se sentía como un incauto pececillo atrapado en una red de la que no podía escapar.

—Bienvenidos, bienvenidos... —los saludó Alfonso, extendiendo sus escuálidos brazos hacia Harper y Vieri. Harper puso su mano en la del anciano, que le dio unas palmaditas en el dorso con la mano libre—. Gracias por venir en mi auxilio, querida.

—No es molestia —replicó ella, inclinándose para besarlo en la apergaminada mejilla—. Será un placer cuidar de ti hasta que María regrese.

—Eres un encanto, pero sé que esto debe ser una lata para Vieri y para ti. Espero que podáis perdonar el egoísmo de este viejo.

—No hay nada que perdonar, Alfonso —replicó Vieri. Y, al abrazarlo, se le encogió al corazón al notar una vez más lo frágil que estaba.

—Harper, querida —dijo su padrino—, quizá quieras ir a ver la habitación que ha preparado mi ama de llaves antes de que se vaya a casa.

—No hace falta. Estoy segura de que estará todo perfecto.

—Aun así... —insistió él, tomando su mano y apretándosela suavemente—. Me tranquilizaría saber que está todo a tu gusto.

—Está bien, iré y aprovecharé para deshacer la maleta.

Alfonso y Vieri la siguieron con la mirada mientras abandonaba el salón.

—Ven a sentarte, hijo —le pidió Alfonso a Vieri en italiano, dando unas palmadas en la silla que había a su lado—. Espero que esto no suponga un trastorno demasiado grande para vosotros.

—Por supuesto que no, padrino —le aseguró Alfonso, tomando asiento.

—¿Y entonces? ¿A qué viene esa cara de preocupación?

Vieri inspiró.

—¿Sabías que Donatella está aquí, en Palermo?

—Sí, eso he oído.

—¿Y a ti no te preocupa?

—En absoluto. Por la cuenta que le trae no se atreverá a asomar la cabeza por aquí.

—Pero intentará soliviantarnos de algún modo —replicó Vieri—. Tenlo por seguro.

—Solo si nosotros dejamos que nos soliviante, hijo. Y yo no pienso dejarme soliviantar.

Vieri apretó la mandíbula. Alfonso tenía razón. Él ya había dejado que lo soliviantase con su desproporcionada reacción al enterarse de que había escogido el vestido de Harper. Había permitido que jugase con él. Inspiró profundamente, fue hasta la ventana y se quedó mirando los jardines.

—Olvídalo ya, Vieri —susurró Alfonso a sus espaldas—. Puede que esa mujer te hiciera daño en el pasado, pero no dejes que arruine tu futuro.

Vieri se volvió y se quedaron mirándose a los

ojos, callando lo que no hacía falta decir. Su padrino era tan sabio, tan cariñoso... A Vieri le preocupaba la visión de color de rosa que Alfonso tenía de su futuro, una visión que jamás se haría realidad porque estaba cimentada en la mentira piadosa que Harper y él le habían contado. Pero ya era tarde para echarse atrás. Él había empezado aquella absurda pantomima, y no le quedaba otra elección más que llevarla a término.

Harper se sentó abatida en la cama, en su lado de la cama. El ama de llaves se había marchado después de que ella le asegurara que estaba todo perfecto y de que no necesitaba nada más, pero la realidad era muy distinta. Porque era evidente que no iba a ocupar ella sola esa habitación, sino que tendría que compartirla con Vieri, pensó mirando a su alrededor.

Dos juegos de toallas sobre la cama, dos albornoces blancos colgados detrás de la puerta... ¡No podía compartir la habitación con Vieri! Y menos aún la cama... ¡No, ni hablar! Vieri tendría que hacer algo al respecto.

Cuando regresó al salón, Alfonso y Vieri giraron la cabeza hacia ella.

—Espero que todo estuviera de tu gusto —le dijo el anciano.

—Sí, es preciosa... nuestra habitación —contestó ella, lanzándole una mirada incisiva a Vieri.

—*Bene*, *bene*. Pensé que os gustaría. La cama es muy especial, ¿sabéis? Es una reliquia familiar —les explicó—. Tiene por lo menos cien años y, según la

tradición, a la pareja que yazca en ella será bende-
cida con un hijo. Claro que sospecho que habrá que
hacer algo más que tumbarse en ella —añadió con un
brillo travieso en los ojos.

—Alfonso... —lo amonestó Vieri, posando la mano
en su hombro.

—Perdonad, pero en mis circunstancias no podéis
culparme por intentar acelerar un poco las cosas.
Además, no estoy tan chapado a la antigua como
para creer que hoy en día ninguna pareja espera a
estar casada para compartir la cama.

Harper se sentó en el sofá y cruzó las piernas,
tremendamente incómoda.

—Por cierto —dijo Alfonso—, ¿ya tenéis fecha?

Harper, que seguía dándole vueltas a lo de tener
que compartir la habitación con Vieri, frunció el
ceño.

—¿Fecha para qué?

—Bueno —murmuró Alfonso, inclinándose hacia
delante en su silla de ruedas—, es que le pregunté a
Vieri si no podríais celebrar pronto la boda, para que
yo pueda asistir.

—¿La... la boda? —balbució Harper, lanzándole una
mirada de espanto a Vieri.

Este se negó a mirarla a los ojos, y en vez de eso
le contestó a su padrino:

—La verdad es que aún no hemos podido hablarlo.

—¿No? Pues... ¿qué mejor momento que este?
—propuso Alfonso, que no parecía que fuera a darse
por vencido—. Harper, pásame mi agenda, ¿quieres?
La he dejado sobre esa mesita de ahí —dijo señalando.

Harper obedeció como en un trance y le entregó la agenda.

–*Grazie*, querida. Veamos... –murmuró pasando las páginas con una mano temblorosa–. ¿Qué tal en esta semana? –dijo volviendo la agenda para mostrársela a los dos–. ¿Qué os parecería el día veintitrés?

A Harper se le paró el corazón. Solo faltaban dos semanas para esa fecha...

–¿El veintitrés? –repitió Vieri, para su espanto, como considerándolo–. Sí, podría ser. ¿Tú qué dices, Harper?

Ella tenía unas cuantas cosas que decir, bastantes, pero, atrapada como estaba entre la mirada esperanzada de Alfonso, y la irritante calma de Vieri, no sabía por dónde empezar.

–Tal vez sea un poco pronto –dijo–, es difícil organizar una boda en tan poco tiempo.

–Por desgracia, como sabes, el tiempo es un bien escaso para mí –le dijo Alfonso con una sonrisa triste.

Harper se mordió el labio. ¿Cómo iba a replicarle a eso?

–¿Qué clase de boda tenías en mente? –le preguntó Alfonso–. ¿Algo fastuoso?

–¡No!, claro que no... –exclamó Harper. Hacía cinco minutos ni siquiera había pensado que fuera a casarse de repente.

–Pues entonces, si hablamos de una ceremonia íntima, con unos pocos invitados, no creo que sea difícil de organizar –apuntó Alfonso–. Y encontrar un sitio tampoco será problema. Vieri posee varios hoteles aquí en Sicilia. De hecho, se me está ocurriendo una idea mejor... –añadió irguiéndose en su silla–. ¿Por qué no os casáis aquí, en la capilla del castillo? Sería un gran honor para mí.

–Es muy amable por tu parte, Alfonso, pero todo ese jaleo... ¿no será mucha molestia para ti, que necesitas tranquilidad? –intervino Harper, lanzándole una mirada furtiva a Vieri. ¿Por qué no detenía aquella locura?

–En absoluto. Será algo con lo que ilusionarme –dijo Alfonso–. Entonces, ¿estamos de acuerdo? ¿El sábado veintitrés?

A Harper no le quedó otra que asentir, aun en contra de su voluntad.

–*Eccellente* –dijo Alfonso, regalando a ambos una sonrisa radiante–. ¿Podrías hacer venir a esa enfermera nueva, Vieri? Creo que debería ir a echarme un poco.

–¿Y cuándo, exactamente, pensabas decirme lo de la boda? –increpó Harper a Vieri, hecha una furia, cuando salieron del castillo.

–Baja la voz –le pidió él. Y, agarrándola del brazo, la alejó del edificio, llevándola hacia los jardines–. Ponernos histéricos no nos ayudará en nada.

–¡Tengo todo el derecho a ponerme histérica! –le espetó Harper, metiendo las manos en los bolsillos de su abrigo y apretando los puños–. ¿Cómo has podido decirle a Alfonso que nos íbamos a casar sin siquiera consultármelo primero?

–Iba a explicarte la situación –le dijo él mirando al

frente mientras caminaba, como si no tuviera el menor remordimiento–, pero Alfonso se me adelantó.

¡Que iba a explicarle la situación! ¿Y creía que con eso era suficiente? Harper no podía creer que existiera nadie tan arrogante. Sentía deseos de chillar, gritar, golpearle el pecho con los puños...

—Esto no es lo que acordamos, Vieri. ¡Esto no es parte del trato!

—Lo sé. Soy consciente de que tendremos que renegociar las condiciones de nuestro acuerdo.

—¿Renegociarlas? –repitió Harper parándose en seco–. ¿De verdad crees que eso es todo? –sus ojos relampagueaban–. ¿De verdad crees que accederé a casarme contigo así, porque sí, sin que hayas tenido siquiera la cortesía de pedírmelo?

—A menos que me equivoque, yo diría que ya lo has hecho.

Harper se mordió la lengua y maldijo para sus adentros porque sí, tenía razón: ya había accedido a aquel matrimonio.

Vieri la llevó hasta un banco de piedra y esperó a que se hubiera sentado antes de tomar asiento él también a su lado.

—Mira, Harper, lo de la boda no ha sido idea mía, pero no es para tanto. Sé que sientes un gran afecto por Alfonso, y estoy seguro de que harías cualquier cosa por que sea feliz en las semanas de vida que le quedan.

Harper sentía sus ojos sobre ella, escrutando su serio perfil, sentía lo seguro que estaba de sí mismo, de que no le diría que no. Porque, como él había dicho, haría cualquier cosa por Alfonso.

—Y te lo compensaré económicamente –continuó

Vieri–. Te pagaré lo que quieras para compensarte por las molestias.

–¡No quiero tu dinero! –exclamó Harper, poniéndose de pie y volviéndose hacia él–. Y tener que casarme contigo no es una molestia, ¡es una pesadilla!

Le dio la espalda, mordiéndose el labio para tratar de hacer que dejara de temblar. No podía haberlo dicho de peor manera; le había dejado entrever hasta qué punto le afectaba aquello.

Oyó a Vieri levantarse detrás de ella.

–No tiene por qué serlo –dijo con una calma exasperante.

–¿Que no? –lo increpó ella volviéndose–. ¿Cómo puedes decir eso? Esto se nos ha ido de las manos por completo. Y dejando a un lado lo de la boda, ¿eres consciente de que Alfonso espera que compartamos una habitación mientras estemos aquí?

–Eso parece, sí.

–¿Y qué piensas hacer al respecto?

Vieri apretó los labios antes de responder.

–Lo solucionaré, si es lo que quieres.

–¡Por supuesto que es lo que quiero!

–Bien –contestó él con un ademán de desdén, como si fuese una cuestión nimia y ella se estuviese mostrando poco razonable–. Hay habitaciones más que de sobra en el castillo, y Alfonso no tendrá por qué enterarse.

–Muy bien, pues arréglalo cuanto antes –murmuró ella malhumorada, sentándose de nuevo con los brazos cruzados y apartando la vista.

Vieri se quedó callado un momento antes de sentarse a su lado.

—Harper... —la llamó, poniéndole la mano en la rodilla.

El calor de su palma la abrasaba a través de la tela del vestido.

—¿Qué? —inquirió, moviéndose para apartar su mano.

—Comprendo que esto que te estoy pidiendo es algo enorme —dijo Vieri. Se sentó un poco más cerca, y Harper sintió su muslo contra el de ella—. Pero no tiene por qué ser un calvario. Alfonso sabe que vamos a celebrar la boda para darle gusto y, como te ha dicho, será algo discreto.

—Pero a efectos legales estaremos casados.

—Sí, es verdad. Pero cuando Alfonso... cuando llegue el momento, el matrimonio puede anularse.

Parecía que lo tenía todo pensado, se dijo Harper. Y por alguna razón, que hubiese calculado aquel engaño hasta el más mínimo detalle, le pareció aún peor.

—Sin embargo —añadió Vieri—, si decides que no puedes seguir adelante con esto, respetaré tu decisión. Volveré dentro y le contaré a Alfonso la verdad, esta tarde, tan pronto como se despierte de la siesta. Y tú serás libre de marcharte. No tendrás que volver a verlo.

A Harper el corazón le dio un vuelco. Para ella no despedirse siquiera de Alfonso era algo impensable. Igual que la idea de que Vieri le confesara que le habían mentido, que lo de su compromiso no había sido más que una pantomima. Se llevaría una decepción tan grande... No, sería aún peor, aquello lo destrozaría... No podía hacerle algo así. Inspiró profundamente.

–No, lo haré –dijo, obligándose a mirar a Vieri a los ojos–. Por el bien de Alfonso, porque no soporto la idea de hacerle daño.

–Gracias –Vieri tomó su mano y la apretó–. Esto significa muchísimo para mí –le soltó la mano para ponerse de pie, pero no apartó sus ojos de los de ella–. Iré a solucionar lo de la habitación –le dijo.

Y, ahora que ya había conseguido lo que quería, se alejó con paso decidido hacia el castillo.

Capítulo 9

LAS DOS semanas siguientes pasaron volando. Los preparativos de la boda se hicieron rápidamente con Vieri al mando, como siempre. Y, aunque le consultó su opinión sobre algunos detalles, como las flores para la capilla, o el menú del banquete, Harper no estaba de ánimo para tomar parte en esas, ni en otras decisiones.

Se redactó una breve lista de invitados, en su mayoría amigos y colegas de Alfonso. Vieri solo había invitado a una persona, un amigo siciliano llamado Jaco Valentino, al que, según parecía, conocía desde su infancia. Y hasta eso había sido cosa de Alfonso, que le había dejado caer a Vieri, de un modo casual, que le gustaría volver a ver a Jaco, con lo que a su ahijado no le había quedado más remedio que invitarlo.

Harper, por su parte, no tenía intención de invitar a nadie, cosa que había sorprendido a Alfonso, que había expresado su preocupación por el hecho de que su padre no fuera a asistir al enlace. Harper lo había excusado diciendo que para él sería muy difícil tomarse unos días libres habiéndolo avisado con tan poco tiempo. Eso al menos era cierto en parte, pero no le dijo que su padre no tenía ni idea de que iba a casarse.

Y ahora había llegado el día de la boda. Mirando los jardines, bañados por el sol, a través de la ventana de su habitación, Harper trató de calmar sus nervios. Jamás habría imaginado que el día de su boda sería así, que se enfrentaría a ese momento completamente sola, sin tener siquiera a su hermana a su lado.

Vieri se había ofrecido a pagarle el vuelo, insistiéndole en que tenerla allí no supondría un problema para él, que lo pasado, pasado estaba, pero Harper había rehusado. No tenía intención de decirle a su hermana que se iba a casar con Vieri. ¿Para qué? Al fin y al cabo aquello no era real. Dentro de unos meses anularían el matrimonio y sería como si nunca hubiese pasado.

Sacó el vestido de novia del armario, bajó la cremallera de la funda de plástico, y lo sostuvo sobre el brazo. Estaba hecho de seda en color crema, con un cuello vuelto holgado y un corte bajo en la espalda. Era la primera vez que lo tenía en sus manos, y se quedó maravillada de lo hermoso que era.

Lo había comprado online, ojeando rápidamente los distintos modelos a elegir, porque no quería pasarse un montón de tiempo deliberando cuál debía comprar. En el fondo daba igual; no estaría esperándola el hombre de su vida ante el altar, ansioso por ver lo deslumbrante que estaba. Seguro que Vieri ni siquiera se fijaría en el vestido.

Se quitó el albornoz y al meterse el vestido por la cabeza se deslizó por su cuerpo como si se lo hubiesen hecho a medida. El diseño dejaba al descubierto los brazos, y realzaba el escote y la suave curva de sus caderas.

Se sentó frente al tocador y se puso a hacerse un recogido. Luego se maquillaría un poco y se dirigiría a la capilla, donde se casaría con Vieri. Lo que no iba a hacer era pensar. Porque si pensara en la enormidad de lo que iba a hacer, le entrarían ganas de salir corriendo.

–Todo esto es muy repentino, *mio amico*.

Vieri miró a su amigo Jaco. Se habían criado juntos en el orfanato, aunque a Jaco, al contrario que a él, lo habían adoptado. A los once años. Entonces prácticamente habían perdido el contacto, pero años después se habían reencontrado en Nueva York y habían retomado su amistad. Ahora los dos eran hombres de negocios de éxito.

Vieri le dio una respuesta deliberadamente vaga.

–Bueno, ya sabes cómo son estas cosas –respondió cambiando el peso de una pierna a la otra, mientras volvía a mirar su reloj.

Estaban los dos frente al altar, esperando a que llegara la novia. Los invitados charlaban entre ellos, y el sacerdote estaba hablando con Alfonso, al que habían colocado en primera fila con su silla de ruedas.

–Pues no estoy muy seguro –dijo Jaco, mirándolo de reojo–. Siempre habíamos estado de acuerdo en que no estábamos hechos para el matrimonio.

–Bueno, sí –admitió Vieri, tirándose de la manga de la camisa–. Pero las cosas cambian, ¿no?

–¿Y ese cambio repentino no tendrá algo que ver con la enfermedad de tu padrino? –inquirió Jaco entornando los ojos.

—Quiero hacerle feliz, Jac. Es lo menos que puedo hacer.

—Pero aun así, casarte... ¿No es ir demasiado lejos?

Vieri se encogió de hombros y los dos giraron la cabeza hacia donde estaba Alfonso, que alzó la vista y les dedicó una sonrisa radiante.

—Ahí tienes la respuesta —dijo Vieri, volviendo el rostro al frente—. Esa sonrisa de felicidad compensa este pequeño sacrificio.

—Si tú lo dices... —murmuró Jaco, dándole una palmada en el hombro.

Cuando la música de órgano comenzó a sonar, todos los invitados se callaron. Colocándose en posición frente al altar, Vieri se irguió, echando los hombros hacia atrás, y alzó la vista hacia las vidrieras. Mientras los primeros acordes de *La Primavera* de Vivaldi inundaban la pequeña capilla, se encontró rezando una oración en silencio, pidiéndole a Dios que lo guiara, o que lo absolviera, o que al menos le diese alguna indicación de que verdaderamente estaba haciendo lo correcto. Porque de repente aquella boda parecía aterradoramente real.

Un codazo de su amigo interrumpió sus pensamientos.

—Un pequeño sacrificio, ¿eh? —le siseó Jaco, riéndose por lo bajo—. No sé yo si se le puede llamar «sacrificio» a casarse con un bellezón así.

Vieri no tuvo tiempo de contestar porque Harper había llegado a su lado, y cuando se volvió y la vio, se le cortó el aliento. Estaba preciosa. El vestido era sencillo y elegante. Llevaba un ramillete de gardenias blancas en la mano, y una en el pelo, tras la oreja. Parecía un ser etéreo, casi de otro mundo.

Vieri se obligó a respirar. Jamás habría esperado una reacción así, tan visceral, por su parte. Tenía que ser el sentimiento de culpa, se dijo, por lo que le estaba haciendo pasar a Harper.

Sin embargo, de pronto estaba ya imaginándose quitándole el vestido, y el ansia por acariciar su piel desnuda le provocó un cosquilleo en las yemas de los dedos. Y eso nada tenía que ver con la culpa. Como tampoco podía explicar la emoción que estaba consumiéndolo en ese momento, como una ola de ternura, un arranque posesivo.

Se sostuvieron la mirada, y en ese breve instante Vieri vio en los ojos ambarinos de ella el mismo tormento y confusión que estaba experimentando él. Y también el mismo deseo que lo embargaba a él.

El sacerdote soltó una tosecita y abrió la pesada Biblia en sus manos, preparándose para empezar la ceremonia, pero apenas había pronunciado unas palabras, cuando se oyó abrirse la puerta al fondo de la capilla con un chirrido y luego unos pasos apresurados. Todo el mundo se volvió para ver quién llegaba tarde.

Harper, que también se había girado, se quedó boquiabierta al ver que era su hermana. Leah, que estaba pidiendo disculpas a las personas que le estaban haciendo sitio en el último banco, la saludó con la mano y sonrió emocionada.

—Cosa tuya, imagino —le susurró Harper a Vieri, con una media sonrisa.

Él se encogió de hombros. Sí, no le había hecho

caso y le había mandado a Leah el billete de avión a pesar de todo. Ni siquiera estaba seguro de por qué lo había hecho, salvo que le había parecido que ya iba siendo hora de que Harper recibiera algo de apoyo por parte de su familia, en vez de que siempre fuera al revés.

—¿Tiene una hermana gemela? —le siseó Jaco anonadado—. ¡Tienes que presentármela!

Vieri no iba a ponerse a darle explicaciones en ese momento, pero en cuanto tuviera oportunidad le advertiría de que tuviera cuidado con Leah.

Cuando Harper se sentó en la cabecera de la larga mesa, apenas reconoció el viejo comedor. Había sido transformado por completo para el banquete: coloridas alfombras cubrían el frío suelo de losas de piedra, las incómodas sillas de madera labrada habían sido sustituidas por elegantes sillas tapizadas en terciopelo rojo, y la mesa no podía estar más espectacular con el blanco mantel de damasco, la cubertería de plata, las relucientes copas y los centro de flores de invierno.

—La empresa que se ha encargado de los preparativos ha hecho un buen trabajo —comentó Vieri, sentándose a su lado—. Tendré que acordarme de volver a contar con ellos.

—¿En tu próxima boda, quieres decir? —inquirió ella sin mirarlo, mientras sonreía a los invitados con dulzura y se ponía la servilleta en el regazo.

—En realidad quería decir por trabajo: en mis hoteles se celebran muchas bodas —contestó Vieri, lanzándole una mirada sombría–. No tengo intención de volver a casarme.

–Perdona, no debería haber dicho eso.

Ahora ya estaban casados; no tenía sentido que siguiera chinchándole por todo. Con eso no solucionaría nada. Debería relajarse y disfrutar del banquete tanto como le fuera posible.

Paseó la mirada por la mesa. Leah estaba sentada hacia la mitad, junto al amigo de Vieri, Jaco. Estaban hablando y riéndose, y Harper tuvo que admitir para sus adentros que era maravilloso tenerla allí. La verdad era que la había conmovido que Vieri se hubiera tomado la molestia de organizarlo todo para que pudiera asistir a la boda.

En el otro extremo de la mesa Alfonso departía con una pareja de amigos de su edad. Al sentir su mirada sobre él alzó la vista y sonrió, levantando su copa a modo de brindis.

–Míralo –murmuró Vieri, inclinándose hacia ella–. No recuerdo cuándo fue la última vez que lo vi tan feliz –añadió. Levantó su copa en respuesta a su padrino, y Harper lo imitó–. Hemos hecho lo correcto.

Harper asintió. Por primera vez toda aquella loca pantomima cobraba sentido. Por primera vez podía ver por qué lo habían hecho: para complacer a un hombre amable y generoso que se merecía ser feliz en sus últimos días de vida. Por primera vez tuvo la sensación de que habían hecho algo bueno.

–Sí, lo hemos conseguido, ¿verdad? –respondió, sonriendo a Vieri.

Chocó suavemente su copa contra la de él, y sintió un cosquilleo en el estómago cuando sus ojos se encontraron.

–Me alegra que estés de acuerdo –dijo Vieri escrutando su rostro antes de cubrir la mano de Harper con la suya–. Tienes una sonrisa preciosa, por cierto. Deberías sonreír más a menudo.

Harper se ruborizó y apartó la vista, luchando contra el efecto que había tenido en ella ese cumplido inesperado. Desde el momento en que se habían reunido frente al altar, había estado esforzándose por reprimir su atracción hacia él. Vestido con un elegante traje gris con chaleco a juego y una corbata de seda tan azul como sus ojos, era la perfección hecha hombre.

Harper dejó la copa en la mesa e inspiró temblorosa. Tenía que estar alerta, protegerse del peligroso encanto personal de Vieri.

Como era costumbre en Sicilia, el banquete se alargó durante horas entre plato y plato, todos deliciosos, y abundante vino. Pronto el día dio paso a la noche, y a medida que los invitados de edad más avanzada comenzaba a marcharse, Alfonso también anunció que se retiraba. Abrazó a Vieri y Harper cariñosamente cuando se inclinaron para besarlo en la mejilla, y tomó la mano de ella cuando se irguió y le dio unas palmadas afectuosas.

–Gracias, a los dos. Ha sido maravilloso –les dijo sonriéndoles. Luego, sin embargo, se puso serio y añadió–: Espero que sepáis lo mucho que esto significa para mí.

—Lo sabemos, padrino —le aseguró Vieri, poniéndole una mano en el hombro—. Y nos alegramos mucho de que hayas disfrutado de este día.

—No me refería solo a la celebración —replicó Alfonso impaciente, apretando la mano de Harper con sorprendente fuerza—. Me refiero al hecho de que ahora estáis oficialmente casados —hizo una pausa, y Harper vio en su rostro lo cansado que estaba—. Tengo que admitir que tenía mis dudas. Hasta podría decirse que eran sospechas —frunció el ceño y miró a uno y a otro—. De hecho, al principio me preguntaba si no habríais orquestado esto entre los dos: un plan bienintencionado para engañar a un viejo enfermo.

Harper se quedó paralizada, y fijó la vista en la mano de Alfonso para no mirar a Vieri.

—Pero luego veros juntos estos días me tranquilizó, porque vi el amor en vuestros ojos, cuando os mirabais, y lo sentí aquí, en el corazón —dijo llevándose la mano libre al pecho—. Vi que os amabais, y eso era lo único que importaba. Y por eso decidí acelerar las cosas un poco —les confesó, riéndose entre dientes—. Ahora puedo morir en paz, sabiendo que mi ahijado por fin ha encontrado la felicidad que merece.

Harper, a quien se le había hecho un nudo en la garganta, contuvo como pudo las lágrimas que le quemaban los ojos.

—Pero bueno, ya basta de divagaciones seniles —les dijo Alfonso—. Espero que los jóvenes sigáis celebrando hasta el amanecer. ¡Ah, casi lo olvido! —sacó un sobre del bolsillo interior de su chaqueta y se lo tendió a Vieri—. Un regalo de boda; ábrelo luego.

–Gracias, padrino –respondió Vieri, guardándoselo en el bolsillo–, es muy amable por tu parte.

–Y vosotros dos sois muy queridos para mí, quiero que lo sepáis. Vamos, un último abrazo –dijo Alfonso. Extendió los brazos para atraerlos hacia sí y les dio un largo abrazo antes de besarlos a ambos en la mejilla–. Es hora de que me despida –la voz le tembló–. *¡Addio, miei cari!*

Le hizo una señal a María, que había regresado justo a tiempo para la boda, y esta se lo llevó. Y, mientras Harper y Vieri los veían alejarse, el anciano levantó su mano trémula una última vez a modo de despedida.

Capítulo 10

SIEMPRE la última en abandonar la fiesta, Leah se levantó finalmente y rodeó con paso algo vacilante, la larga mesa, cubierta de restos del banquete. Besó a Harper en la mejilla, y luego, algo azorada, a Vieri.

–Gracias por invitarme –le dijo a este–, y por pagarme el vuelo y todo eso para que pudiera venir. Ha sido muy generoso por tu parte. Sobre todo después de lo que hice, después de dejarte tirado.

–Olvídalo –contestó el, y Harper no advirtió el menor rencor en su voz.

–¿Puedo decir...? –Leah hizo una pausa y una sonrisa se dibujó en su rostro–. ¿... que hacéis una pareja preciosa?

–Leah... –la amonestó Harper, con una mirada de advertencia.

Aquello era algo típico en su hermana: intentar liar las cosas. Apenas habían podido hablar, salvo una breve conversación en el cuarto de baño, pero le había dejado bien claro que aquella boda solo era parte de la pantomima. Leah, por supuesto, se negaba a creerlo.

–No puedo evitarlo; es lo que pienso –replicó su

hermana–. Y no soy la única. Todo el mundo lo ha estado diciendo el día entero.

¿Sería verdad? Aunque Harper sabía que era lo que la gente solía decir en las bodas, no pudo evitar sentir cierta satisfacción al oírlo. Porque, de algún modo, a pesar de todo, había sido un día bonito. Se sentía bien.

Lo achacaba, sobre todo, a que Vieri y ella habían conseguido su objetivo: hacer feliz a Alfonso. Y eso había hecho que Vieri se relajara, y que descubriera a un Vieri desconocido para ella al verlo charlando con los invitados, riéndose con Jaco y disfrutando del banquete.

Incluso ahora, que era tan tarde, no parecía tener prisa por poner fin al día, sino que estaba sentado tranquilamente con una pierna sobre la otra, moviendo distraídamente en círculos la copa de brandy en su mano, mientras las observaba a Leah y a ella. Y, o mucho se equivocaba, o había una pequeña sonrisa en sus labios.

–Vete a la cama, Leah –le dijo Harper irguiéndose en su asiento–. Nos veremos mañana por la mañana.

–Ya me voy, ya me voy –murmuró su hermana. Les lanzó un beso y se alejó descalza, con las sandalias de tacón colgando de un dedo, sobre el hombro–. Buenas noches a los dos...

Solos al fin, se hizo un tenso silencio entre los dos. Harper se aclaró la garganta.

–Bueno, creo que yo también debería ir pensando en irme a la cama.

–Sí, ha sido un largo día.

–Pero también todo un éxito.

Alzó la vista hacia Vieri, buscando la confirmación de sus palabras, pero de inmediato se perdió en sus profundos ojos azules.

Se había quitado la chaqueta, aflojado la corbata, y se había remangado, dejando sus antebrazos morenos al descubierto. Estaba tan guapo...

—Entonces, ¿no te arrepientes? –le preguntó.

—No. Me alegra que hayamos podido hacer esto por Alfonso.

—Bien –Vieri tomó un sorbo de brandy–. Eso me hace sentir menos culpable.

—¿Culpable? –Harper se rio–. No soy capaz de imaginarte sintiéndote culpable por nada.

—Eso demuestra lo poco que me conoces –contestó él, repentinamente serio, inclinándose hacia delante.

—Eso es verdad.

—Pues quizá deberíamos hacer algo al respecto.

—¿Como qué? –inquirió ella, sobresaltada.

Vieri se encogió de hombros.

—Bueno, se me ocurren unas cuantas cosas...

Estaba muy claro a qué cosas se refería. A Harper el corazón le latía como un loco.

—Eres muy especial, Harper –le dijo Vieri, y la sinceridad que había en su mirada le impidió apartar la vista–. Lo digo en serio.

—Vaya, pues gracias –murmuró ella.

Dejó escapar una risa vergonzosa, e iba a decir algo más, pero Vieri le impuso silencio con un dedo en los labios.

—Y me encantaría hacerte el amor –le susurró.

Harper, que no se esperaba eso, sintió un arrebato de deseo en el vientre. Tragó saliva y se puso de pie.

–Pero eso no era parte de nuestro trato... –le dijo con una voz extraña, que no parecía la suya.

–Olvídate de nuestro trato –le contestó él, levantándose también y tomándola de la barbilla–. Te deseo, Harper. No imaginas cuánto. Y creo que tú también me deseas a mí.

–Sí –murmuró ella mirándolo a los ojos, incapaz ya de ocultar por más tiempo la verdad.

Una sonrisa curvó los sensuales labios de Vieri.

–*Bene*. Entonces, ¿qué me dices? ¿Me dejarás hacerte el amor esta noche?

Dios del cielo... Harper no había deseado nada tanto en toda su vida, pero no podía decirle que sí.

–Yo... no sé si...

Vieri levantó la mano y remetió un mechón por detrás de la oreja de Harper.

–Una noche juntos, es lo único que te pido. Una noche de placer.

Resultaba tan tentador... Cuando Vieri inclinó la cabeza hacia ella, no pudo evitar cerrar los ojos, y en el momento en que sus labios se tocaron ya no pudo resistirse más. A pesar de la vocecilla que la advertía de las consecuencias, otra voz en su mente le gritaba que se dejara llevar, que viviera el momento. Despegando sus labios de los de él, lo miró a los ojos y le dijo:

–Vámonos.

Con una confianza en sí misma que la sorprendió, lo agarró de la mano y lo condujo fuera del comedor. Subieron las escaleras como si el mismísimo diablo estuviera persiguiéndolos, y atravesaron a toda prisa el pasillo hasta llegar a su dormitorio. Bueno, al dormitorio que iban a haber compartido, porque, fiel a su palabra, Vieri se había buscado otra habitación.

Cuando entraron, Harper se detuvo boquiabierta. La habitación estaba iluminada por velas, colocadas en lugares estratégicos, y había un reguero de pétalos de rosa hasta la cama, cuyos postes habían sido decorados con follaje invernal y rosas rojas.

–Vaya... A la empresa que ha organizado la boda no se le ha pasado un detalle –comentó Harper con una risita.

Quería que Vieri supiera que era consciente de que él no había tenido nada que ver con aquella ambientación tan absurdamente romántica.

–Eso parece –comentó él, mirando a su alrededor asombrado.

–Creo que los dos podemos imaginar de quién ha sido la idea –dijo ella, mirando a Vieri con una sonrisa y enarcando las cejas.

–¡Alfonso! –exclamaron los dos a la vez, echándose a reír.

Vieri la tomó de la mano y la condujo a la cama por el sendero de pétalos. Se sentaron juntos en ella, Harper con el corazón martilleándole contra las costillas mientras miraba sus manos unidas. Cuando Vieri comenzó a acariciarle la palma con los dedos, cerró los ojos, sintiendo como un cosquilleo se extendía por todo su cuerpo.

Al volver a abrirlos y alzar la vista a sus apuestas facciones, vio en sus ojos cuánto la deseaba, y eso fue lo único que le hizo falta para decidirse a dar el primer paso. Empezó a desabrocharle el chaleco y lo empujó hacia atrás por los hombros antes de desanudarle la corbata. Iba a desabrocharle también la camisa, pero antes de que pudiera hacerlo Vieri la levantó en volandas, la depositó sobre el suelo y sus ojos la recorrieron de arriba abajo, abrasándola.

Harper se descalzó y se puso de puntillas para rodearle el cuello con los brazos, pero él los apartó y se los levantó por encima de la cabeza.

—Quédate así —le ordenó con voz ronca.

Se agachó, asió el dobladillo del vestido, y lo fue levantando poco a poco, dejando al descubierto los tobillos, luego las pantorrillas... Mientras se levantaba, levantó también el resto del vestido hasta sacárselo por la cabeza y lo arrojó a un lado.

Se tomó un momento para admirarla, recorriendo con ojos hambrientos las medias de seda blanca, las braguitas a juego, y también sus pechos. Harper no sentía la menor timidez, ni vergüenza, ni incomodidad. Al contrario; la intensidad con que la estaba mirando la hacía sentirse hermosa.

Solo cuando sus ojos se posaron en la cicatriz que tenía a un lado del vientre la hizo titubear. Movió el brazo para taparla, pero Vieri apartó su mano y, con ternura, recorrió la fina cicatriz con el índice.

—¿De qué es esta cicatriz? —le preguntó.

—Un transplante de riñón; a los dieciséis años.

—¿Necesitaste un transplante?

—No, yo no; Leah. Yo fui la donante.

—¡Dios, Harper! —exclamó Vieri, poniéndole las manos en los hombros y atrayéndola hacia sí—. ¿Qué eres, una santa o algo así, pensando siempre en los demás?

—Siempre no —replicó ella—. Ahora mismo solo

estoy pensando en mí... –murmuró frotándose provo-
cativamente contra él.

En los labios de Vieri se dibujó lentamente una sonrisa pecaminosa. Alargó los brazos para quitarle las
horquillas del pelo a Harper y esta sacudió la cabeza
cuando hubo terminado, haciendo que sus suaves rizos
se desparramaran sobre sus hombros y sus pechos.

–Eres... –Vieri tragó saliva–... preciosa.

Sus palabras desterraron cualquier inhibición de
Harper, haciéndola sentirse más atrevida que nunca.
Desabrochó impaciente los botones de la camisa, la
abrió, y sus ojos hambrientos se deleitaron con el tórax musculoso de Vieri. Plantó las manos en él, disfrutando con el tacto de su cálida piel y el roce del vello
que lo cubría, y con cómo se tensaban los músculos
bajo sus dedos.

Vieri se quitó la camisa, se desabrochó los pantalones, y se los quitó también, junto con los zapatos y los
calcetines. Se quedó solo con unos bóxers negros, que
estaban tremendamente tirantes por su erección. Per-
maneció allí, mirándola en silencio salvo por su respiración entrecortada. Y entonces se deshizo también de
esa última prenda, observando cómo lo observaba ella
a él. Harper puso unos ojos como platos al ver su pode-
roso miembro. Con su cuerpo desnudo a la luz de las
velas parecía la estatua de un dios de la Antigua Grecia.

Vieri la atrajo hacia sí de nuevo, le apartó la melena
para aspirar profundamente contra su cuello, y depositó un reguero de ardientes besos desde debajo del
lóbulo de la oreja hasta la base de la garganta.

Temblorosa de excitación, Harper, que había cerrado los ojos, notó que las manos de Vieri descen-

dían por sus brazos. Luego la ciñeron por la cintura y se posaron en sus muslos, justo por encima de las medias, para acariciar sensualmente su piel desnuda, y bajaron lentamente hasta el pubis, haciendo que se le cortara el aliento.

Puso sus manos sobre las de él, extasiada, pero Vieri las apartó para agarrarla por las nalgas y atraerla aún más hacia sí. Un gemido ahogado escapó de los labios de Harper al notar su miembro endurecido apretando contra su vientre.

—Esta es la prueba de cuánto te deseo —murmuró Vieri antes de cubrir los labios de Harper con los suyos. Era un beso tierno, pero a la vez posesivo—. Espera; será solo un momento.

Vieri fue a donde habían caído sus pantalones, sacó un preservativo del bolsillo y volvió con ella. Rasgó el envoltorio con los dientes y deslizó el preservativo sobre su miembro. Luego levantó en volandas a Harper para llevarla a la cama y se colocó sobre ella, apoyándose en los brazos.

Mientras la besaba de nuevo le quitó las braguitas, y acarició los rizos de su pubis antes de que sus dedos se adentraran en esa parte secreta de su cuerpo que palpitaba de deseo. Harper se retorció debajo de él, nerviosa y excitada, y el índice de Vieri encontró su clítoris y empezó a atormentarla, dibujando círculos en torno a él. Con un intenso gemido Harper se aferró a sus hombros, y él siguió dándole placer hasta que un temblor empezó a extenderse por todo su cuerpo. Suspiró y cerró los ojos, dejándose llevar, y volvió a estremecerse una y otra vez con cada oleada de placer que la recorría.

Cuando Vieri apartó la mano se quedó quieta y abrió los ojos, confundida, pero él volvió a tomar sus labios, colocó su miembro justo donde ansiaba que lo pusiese, y la penetró con una certera embestida, acompañada de un gruñido de placer.

La punzada de dolor que sintió hizo que Harper se pusiera rígida y le clavara las uñas en la espalda.

—¿Harper? —la llamó él, deteniéndose de inmediato y apoyándose en los antebrazos para incorporarse y mirarla a los ojos.

—No es nada —contestó ella.

Se obligó a inspirar varias veces y el dolor se disipó, siendo reemplazado por una sensación de plenitud maravillosa por tener a Vieri dentro de sí. Le rodeó el cuello con los brazos y lo atrajo de nuevo hacia sí.

—De verdad, estoy bien.

—Harper, si quieres que pare...

—¡No!

Eso era lo último que quería. Levantó la cabeza para atrapar sus labios y hundió los dedos en su cabello. Tras un momento de vacilación Vieri respondió al beso y empezó a moverse, despacio al principio, pero luego comenzó a sacudir las caderas más y más deprisa, hasta que Harper sintió que las oleadas de placer la invadían de nuevo y, se entregó a esas increíbles sensaciones sin pensar en nada. Oyó a Vieri mascullar algo en italiano y, con una última embestida, se estremeció al alcanzar el clímax con ella, antes de derrumbarse sobre ella, que lo rodeó con sus brazos.

Capítulo 11

CUANDO Vieri se despertó y abrió los ojos, la luz de la luna bañaba el dormitorio. Bajó la vista a Harper, que estaba dormida entre sus brazos con la cabeza apoyada en su pecho. Una extraña sensación de paz lo invadió, y cerró los ojos de nuevo, escuchando su suave y acompasada respiración.

Al comienzo del día anterior estaba deseando que pasara la ceremonia, que pasase el día entero, pero a medida que habían ido pasando las horas, algo había cambiado en su interior. Al observarla hablando con los invitados, con Alfonso, siempre con ese discreto encanto, con esa gracia natural, se había dado cuenta de lo excepcional que era.

Se había descubierto siguiéndola con la mirada, buscándola cuando se alejaba de él, y lo había sorprendido la sensación de placer que lo invadía cuando regresaba a su lado.

Jaco se había percatado enseguida, y le había dado algún que otro codazo en las costillas, picándolo con un «¡aquí saltan chispas!». De hecho, había sido él quien le había metido el preservativo en el bolsillo antes de retirarse a su habitación con un brazo y un «por si acaso» susurrado al oído.

Y no se equivocaba en lo de las chispas... Esa noche la atracción que sentía hacia ella se había convertido en un deseo que lo había consumido hasta el punto de no poderse resistir. De pronto se había encontrado preguntándose: «¿por qué no?». Los dos eran adultos; ¿qué les impedía disfrutar de una noche juntos?

Y la realidad había sido mejor que cualquiera de sus fantasías. El sexo con Harper había sido increíble, especial. Por primera vez el acto sexual había significado algo para él, más allá del mero placer físico. En cierto modo había sido casi como perder el control, y normalmente eso lo habría preocupado, pero había decidido que aunque fuera solo por esa noche iba a dejarse llevar y vivir el momento. No iba a analizar hasta el más mínimo detalle lo que había ocurrido entre ellos, ni el hecho de que Harper hubiese resultado ser virgen.

«Ahora no», se dijo. No con Harper acurrucada entre sus brazos. Sintió que el sueño empezaba a arrastrarlo de nuevo, pero cuando Harper se movió, rozándose contra él, su miembro cobró vida al minuto.

–Vieri... –murmuró ella.

El oír su nombre de labios de Harper, que aún estaba medio dormida, no hizo sino avivar aún más los rescoldos, y cuando apretó sus voluptuosos senos contra él y entrelazó sus piernas con las de él, supo que solo había un desenlace posible: un desenlace ardiente, sensual, y profundamente satisfactorio.

* * *

Harper se despertó sobresaltada. La tenue luz de las primeras horas del día se filtraba ya por entre las lamas de las viejas contraventanas de madera.

Estaba sola. No le hacía falta darse la vuelta para saber que Vieri se había ido. Cerró los ojos con fuerza y se dijo que tenía que serenarse, que debía ignorar el dolor de su corazón, la terrible sensación de pérdida, de abandono.

Había sabido desde un principio cómo serían las cosas la noche anterior cuando había accedido a acostarse con Vieri. Una noche de placer, le había dicho. Eso era a lo único a lo que él se había comprometido.

Se giró sobre el costado y se quedó mirando la marca que Vieri había dejado en la almohada. A pesar del vacío que sentía en su interior, no se arrepentía de lo que habían hecho. Hacer el amor con Vieri había sido la experiencia más maravillosa de su vida, y eso no podría quitárselo nadie.

Apartó las sábanas y al ver en el suelo las medias de seda, hechas un gurruño, recordó cómo se las había quitado Vieri a mitad de la noche, lentamente. Y cómo habían hecho el amor otra vez, con tanta pasión, con tanta ternura... pero sin usar preservativo. Recordó la frustración de Vieri mientras buscaba en los bolsillos del pantalón, y como había vuelto a la cama con las manos vacías. Sin embargo, la pasión que los consumía a ambos había sido irrefrenable, y ninguno de los dos había tenido la suficiente fuerza de voluntad como para parar. Vieri le había prometido que no pasaría nada si tenían cuidado, y ella había rogado por que tuviera razón.

Se bajó de la cama, recogió las medias del suelo y las arrojó sobre una silla antes de ir al cuarto de baño a darse una buena ducha.

En cuanto salió al pasillo, Harper tuvo el presentimiento de que había ocurrido algo. Al principio le pareció que había un silencio inquietante, y luego, al oír unas voces, aguzó el oído y comenzó a bajar las escaleras. Al pie, en el pasillo, había dos hombres, dos amigos de Alfonso que se habían quedado a pasar la noche en el castillo. A medida que se acercaba a ellos, su expresión sombría la extrañó.

–Querida, cuánto lo siento... –murmuró uno de ellos, poniéndole una mano en el brazo.

El corazón se le encogió de pánico.

–¿Qué...?

–¿No... no se ha enterado? –dijo el otro, mirando al primero.

–No. Por favor, díganme qué ha pasado.

Justo entonces se abrió la puerta del estudio y salió Vieri. Estaba lívido.

–¡Vieri! –exclamó Harper, apresurándose a ir junto a él.

Vieri, sin embargo, la miró como sin verla. Detrás de él salió un hombre con traje oscuro y se alejaron unos pasos, hablando en italiano, hacia la puerta principal. Harper los observó en silencio, agitada. Se estrecharon la mano, el hombre le dio a Vieri un abrazo, le dio unas palmadas en la espalda y se marchó.

–¡Vieri! Por favor, dime qué ha pasado –le suplicó Harper, corriendo a su lado.

Al ver que iba a echar a andar de nuevo, le puso las manos en el pecho para retenerlo. Vieri se detuvo y la miró por fin. Harper sintió una punzada en el pecho al entrever el dolor que se adivinaba en sus apuestas facciones.

–Es Alfonso –murmuró él apartando la vista, como si no pudiera soportar mirarla a la cara–. Ha muerto.

–¡No! –musitó Harper en un hilo de voz. Los ojos se le llenaron de lágrimas–. ¿Pero cómo...? ¿Cuándo?

–En algún momento a lo largo de la noche. El médico ha certificado su muerte y acaba de irse.

–Es terrible... –murmuró Harper, con las lágrimas rodándole por las mejillas.

Vieri se apartó unos pasos y se quedó allí plantado, muy tenso.

–Lo siento tanto... –susurró ella.

Vieri ladeó la cabeza y encogió los hombros de un modo casi imperceptible, como para darle a entender que sus condolencias no significaban nada para él, que ella no era nada para él. Él, que hacía solo unas horas la había mirado como si fuera el centro de su universo, ahora estaba mirándola casi con asco.

No, estaba roto de dolor, se dijo Harper. Inspiró temblorosa y se limpió las lágrimas con el dorso de la mano. Avanzó otra vez hacia él, porque la necesidad de consolarlo era más fuerte que cualquiera de sus otras emociones.

Le rodeó la cintura con los brazos y trató de estrecharlo contra sí, pero era como abrazarse a un bloque de piedra. Y cuando apoyó la cabeza en su pecho, humedeciendo con sus lágrimas la camisa, le pareció que los latidos de su corazón se habían vuelto pesados y fríos.

Vieri resopló impaciente.

—Tengo que irme. Hay muchos asuntos de los que debo ocuparme.

—Lo entiendo, por supuesto —murmuró Harper sollozando, y apartándose de él. Carraspeó y se remetió un mechón tras la oreja—. Pero si hay algo en lo que pueda ayudar... cualquier cosa... me lo dirás, ¿verdad?

—En realidad sí hay algo que puedes hacer: deshazte de los invitados —le dijo Vieri con aspereza—. De todos. Ahora mismo.

Harper vaciló, pero solo un instante.

—Claro, como quieras.

Detestaba la idea de tener que decirle a la gente que Alfonso había muerto, pero si así le ahorraba a Vieri aquella dolorosa tarea, lo haría.

—Y eso incluye a tu hermana —añadió él con una mirada fría, desprovista de toda emoción.

—Está bien —Harper asintió sombría y se alejó.

Haría lo que le pedía. No era momento para cuestionar sus órdenes.

Cuando llamaron a la puerta del estudio, Vieri se pellizcó el puente de la nariz en un intento por atajar el incipiente dolor de cabeza que sentía detrás de los ojos. Llevaba ya un par de horas repasando todo el papeleo relativo al fallecimiento de su padrino, y aunque agradecía tener algo con lo que ocupar su mente, sabía que necesitaba un descanso.

—Adelante —respondió.

Se echó hacia atrás en su asiento, expectante, y se encontró deseando que fuera Harper. Había sido muy brusco con ella; probablemente le debía una disculpa.

Pero no era Harper, y cuando la puerta se abrió y vio quién era, Vieri se levantó como un resorte.

—¡Tú! —exclamó enfurecido rodeando la mesa—. ¿Qué diablos haces aquí?

—Vaya, menudo recibimiento... —murmuró Donatella, entrando en el estudio—. Parece que has olvidado tus buenos modales, Vieri.

Iba envuelta en un abrigo de pieles y llevaba un perro faldero debajo del brazo que se quedó mirando a Vieri con un sus ojos saltones.

—No he olvidado nada, te lo aseguro —le dijo—. Y aquí no eres bienvenida.

—No seas así.

Donatella trató de ofrecerle la mejilla para que le diera un beso, pero Vieri se apartó. La idea de besarla hacía que le entraran ganas de vomitar.

—Lo digo en serio, Donatella. Quiero que te marches.

Ignorándolo por completo, Donatella se sentó en una silla frente al escritorio y colocó al perro en su regazo.

—Me imagino que al menos dejarás que presente mis respetos.

—¿Tus respetos? —Vieri casi escupió la palabra—. Creo que para eso ya es un poco tarde. No recuerdo que le mostraras ningún respeto a Alfonso cuando aún vivía.

–Y si yo no recuerdo mal, me desheredó –apuntó ella, acariciando al perro con su mano enjoyada–. Siendo yo su único pariente...

–Y sabes muy bien por qué. Hiciste tu elección al casarte con un Sorrentino.

–¡Ah, sí, claro! Yo soy la bruja malvada, la responsable de la destrucción de la familia Calleroni...

–Del asesinato de tu padre, el único hermano de Alfonso, sí.

–Mírate, Vieri... tan arrogante, tan santurrón... –se burló ella con una mueca de desdén–. Pero yo recuerdo una época en la que, aun sabiendo quién era, lo que era, acabaste en mi cama.

Vieri apretó la mandíbula para no responder.

–Una vez estuviste loco por mí, Vieri, no puedes negarlo.

–Estaba loco, es verdad, loco por haber querido tener algo que ver contigo.

–¡Ah!, ya veo que los años han retorcido la verdad, *mio amore*, que han hecho de ti un hombre resentido. Pero estoy segura de que también recuerdas los buenos momentos. Yo los recuerdo.

–Lo que yo recuerdo... –masculló Vieri–... ¡es que tomaste la decisión de acabar con la vida de nuestro hijo!

Donatella lo miró aturdida.

–O sea que lo sabes...

Un tenso silencio invadió el estudio.

–Pues deberías estarme agradecido –añadió Donatella, alzando la barbilla desafiante.

–¿Agradecido? –casi rugió Vieri.

–Sí, deberás agradecer que solucionara tan rápidamente la situación. ¿No creerías que tú y yo íbamos a jugar a ser una familia feliz?

–Tal vez no –murmuró él furioso–, pero eso no significa que no habría querido criar yo solo a ese niño si al menos me lo hubieras consultado.

Donatella soltó una risa seca.

–Mira, aunque te lo hubiera consultado, no habrías podido persuadirme para que tuviera ese bebé.

A Vieri le hervía la sangre.

–¡Vete de aquí! –le gritó apretando los puños–. ¡Ahora mismo!

–Muy bien, me iré –respondió Donatella levantándose. Estaba dirigiéndose hacia la puerta cuando se detuvo y se volvió para mirarlo–. Por cierto, ¡qué maleducada soy!, no te he felicitado por tu matrimonio. ¡Qué chica tan encantadora, esa mujercita tuya! ¿Te ha dicho que nos conocimos hace unas semanas?

Vieri apretó los labios, pero no contestó.

–Sí, claro que lo hizo. Seguro que no tenéis secretos el uno con el otro... –dijo ella con una sonrisa maliciosa–. Y seguro que estará encantada de darte un montón de críos, si eso es lo que quieres. Os deseo un larga y fértil vida juntos.

Vieri masculló un improperio entre dientes y Donatella entornó los ojos.

–¿O a lo mejor me equivoco? ¿Puede ser que haya otra razón para este matrimonio tan apresurado? –se llevó un dedo a los labios, como pensativa–. ¿Podría ser que tuviera algo que ver con el inminente fallecimiento de tu padrino? ¿Quizá hay alguna cláusula en el testamento por la cual su dinero y este castillo habrían pasado a mí si no te casabas?

Vieri se rio en su cara. ¡Qué típico de Donatella asumir que se trataba de dinero!

—Te aseguro que, me hubiera casado o no, no habrías recibido ni un céntimo.

—Esa es la cuestión, que no me fío de ti, Vieri —dijo ella, mirándolo de un modo calculador—. He observado tu meteórico ascenso al éxito. Para conseguir lo que tú has conseguido en los negocios hacen falta agallas y determinación, hay que mostrarse implacable. Cualidades que, me gusta pensar que en cierta medida aprendiste de mí —murmuró mirándose las uñas—. O, dicho de otra manera, creo que con el paso de los años te has vuelto tan manipulador y deshonesto como yo. Y estoy segura de que no te detendrás ante nada para conseguir lo que quieras, sobre todo si se trata de privarme de mi herencia. Solo espero que esa pobre muchacha confiada con la que te has casado sepa en lo que se está metiendo. Por su bien, confío en que sepa la clase de hombre que eres en realidad.

—¡Fuera de aquí! —le rugió Vieri, con una violencia que hizo que el perro gruñera y enseñara los dientes.

Fue a zancadas hasta la puerta, la abrió, y se quedó allí de pie, esperando a que saliera.

—No te preocupes, ya me voy —dijo Donatella, yendo hacia él—. *Ciaio, mio caro* —levantó la mano para acariciar la mejilla de Vieri, pero él apartó la cara—. Hasta que volvamos a vernos.

Cuando se hubo marchado, Vieri cerró de un portazo. Una cosa tenía clara: si de él dependía, no volverían a verse jamás.

Harper, que estaba bajando las escaleras, oyó el portazo y, al llegar al último escalón vio a Donatella Sorrentino de pie, frente al estudio. Se detuvo y su mano apretó con fuerza la barandilla. Jamás olvidaría el modo en que Vieri había reaccionado tras decirle que Donatella había escogido el vestido que había llevado al Baile de Invierno. Había sido una reacción desmesurada, incluso violenta.

Y ahora aquel portazo, la expresión airada de Donatella... No sabía qué había pasado, pero era evidente que los ánimos estaban desatados, y esa observación la llegó a la conclusión lógica que ya antes había sospechado, que un enfrentamiento tan apasionado solo podía deberse a que en algún momento habían sido amantes y probablemente aquella llama aún no se hubiera apagado.

Apartando ese doloroso pensamiento de su mente, siguió con la mirada a Donatella, que se alejaba hacia la puerta principal, como ansiosa por salir de allí. Sin embargo, en el último momento se volvió y mirándola con frialdad le dijo con sarcasmo:

—Buena suerte; la necesitarás.

Y luego, con una risa cruel, se dio la vuelta y se marchó.

Harper se negó a dejarse intimidar por aquella mujer. Fue hasta el estudio, y estaba tratando de recobrar la serenidad antes de llamar a la puerta, cuando esta se abrió y se encontró cara a cara con Vieri. A juzgar por su expresión, estaba de muy mal humor.

A Harper se le encogió el corazón con una mezcla de amor, compasión, y otras emociones que en ese momento no podía pararse a analizar.

–Hola –musitó–. Venía a decirte que he hecho lo que me pediste. Todos los invitados, o se han marchado o están preparándose para marcharse. Me han pedido que te diera sus condolencias, y Jaco me ha dicho que te llamaría luego.

–Bien, estupendo –contestó Vieri, encogiéndose de hombros.

Harper vio que estaba mirando por encima de su hombro, como recorriendo el pasillo vacío con la mirada. Tratando de reprimir la amargura que sentía, para que no pareciera que le importaba, le dijo:

–Si estás buscando a Donatella, acaba de irse.

–Pero tú aún sigues aquí –respondió él, fijando con frialdad sus ojos azules en ella.

–Bueno, sí, claro –balbució Harper.

–De claro nada. Quiero que tú también te vayas.

–¿Yo? –Harper se quedó mirándolo atónita.

–Sí, tú –respondió él con determinación–. Quiero que te vayas. No quiero a nadie aquí.

–Pero yo no soy «nadie», Vieri –musitó ella–. Soy tu... –vaciló. La palabra «esposa» se negaba a salir. Aunque hubieran hecho el amor no era su esposa, no de verdad. Y nunca lo sería–. Yo quería a Alfonso; lo sabes.

–Apenas lo conocías.

–No como tú, es cierto, pero eso no significa que

no esté profundamente apenada por su muerte, que no esté de duelo yo también.

—Pues vete y pasa el duelo en otra parte.

—¡Vieri! —exclamó ella espantada. La hería en lo más hondo que pudiera ser tan cruel, tan hiriente. Inspiró temblorosa, tratando de calmarse—. Mira, sé que ahora mismo no eres tú. Y estoy segura de que no has querido decir eso.

—Te aseguro que sí.

Harper se quedó mirándolo aturdida. Lo único que le daba fuerzas era el atisbo de vulnerabilidad que adivinaba bajo esa fachada de granito.

—No discutamos de esto ahora; podemos hablarlo luego.

—No hay nada de que hablar.

—No lo hagas, Vieri, por favor, no me apartes de ti. Quiero estar a tu lado, para darte mi apoyo.

—¿Para apoyarme como apoyas a todo el mundo? Su tono mordaz hizo a Harper dar un respingo.

—¿Qué quieres decir con eso?

—Que no necesito tu apoyo. Es más, no lo quiero. No necesito que me «arregles», como intentas hacer con todas las personas que hay en tu vida.

—Eso no es justo, Vieri.

—¿No? Pues es la impresión que tengo. Me parece que estás tan ocupada arreglando los problemas de los demás, que nunca te has parado a mirar los tuyos. No contenta con salvarle la vida a tu hermana, parece que también tienes que andar todo el día detrás de ella. Igual que con tu padre: controlando todo el tiempo cada cosa que hace —hizo una pausa y la miró con un brillo cruel en los ojos–. Quizá si pasaras menos tiempo organizándole la vida a otras personas y te concentraras en la tuya, no habrías sido virgen aún a la edad de veinticinco años.

Un gemido ahogado escapó de los labios de Harper, que lo miraba espantada. De pronto le temblaban las rodillas, y tuvo que apoyarse en la pared para no perder el equilibrio. Tragó saliva, se obligó a inspirar profundamente y tragó saliva de nuevo.

Con aquel brutal análisis Vieri le había dejado claro lo que opinaba de ella. Y le había mostrado lo patética que pensaba que era. Tal vez tuviera razón. Quizá se había pasado la vida preocupándose de los demás porque no tenía una vida propia. Quizá fuera patético que hubiera seguido siendo virgen a los veinticinco. Y si no lo era, desde luego sí lo era que la hubiese perdido precisamente con un hombre como él.

Pero peor aún que eso, mucho peor, era el hecho de que no solo le hubiera entregado su cuerpo. También le había entregado su corazón. Y eso jamás se lo perdonaría.

Se dio la vuelta y fue a ciegas hasta las escaleras porque las lágrimas le nublaban la vista. Se agarró con fuerza a la barandilla y comenzó a subir los escalones echando los hombros atrás y poniendo la espalda bien recta, aferrándose a la poca dignidad que le quedaba.

Capítulo 12

VIERI siguió a Harper con la mirada mientras subía las escaleras. Aunque iba con la cabeza bien alta, no le pasó inadvertido el esfuerzo que le costaba mantener la compostura y el daño que le habían hecho sus deleznables palabras. ¿Por qué la había tratado así? ¿Por qué había pagado con ella su furia contra Donatella? Lo que había hecho era imperdonable.

Sin embargo, en el fondo de su corazón sí sabía el porqué: porque se sentía culpable. Por más que detestara admitirlo, Donatella tenía razón al decir que era tan manipulador y deshonesto como ella. Esa era la clase de hombre en que se había convertido. ¿Acaso no lo había demostrado con su manera de tratar a Harper, utilizando su propio beneficio, para su propio placer? Y tenía razón en que había aprendido de ella, pero no en el sentido que ella creía. Su relación envenenada con Donatella le había enseñado a no confiar en nadie, a no dejar que nadie se acercara a él, a no volver a entregarle su corazón a ninguna mujer.

Se metió las manos en los bolsillos con irritación y se puso a andar arriba y abajo por el pasillo.

Descubrir que Harper era virgen lo había dejado aturdido. Le había quitado algo que no podía devolverle. Algo que él desde luego no se merecía. Y ahora no podía soportar la vergüenza que lo embargaba por sus actos.

Claro que en parte ella se lo había buscado, se dijo, tirando de una lógica perversa. Quizá fuera culpa suya, por empeñarse en buscar algo de bien en él, por buscar algo que no existía. ¿Es que no se daba cuenta de que no había nada de bueno en él? A pesar de todo su dinero y su éxito, de su encanto personal y su atractivo físico, no era más que un fraude: el bebé al que sus padres habían abandonado, el chico al que nadie había querido adoptar, el joven e ingenuo amante que había sido rechazado, el hombre al que se le había negado la posibilidad de ser padre... No, no se merecía su amabilidad ni su compasión. Y mucho menos su amor. Si dejaba que se acercase demasiado a él, acabaría arrastrándola a las profundidades, arruinando su vida, y no podía permitir que eso ocurriera. Tenía que dejarla libre. Alfonso estaba muerto; no había razón alguna para que siguieran juntos. Era mejor ser cruel con ella ahora, romper por lo sano en vez de prolongar por más tiempo aquella agonía.

De pie frente a la puerta del dormitorio de Alfonso, Vieri se armó de valor para afrontar lo que le esperaba al otro lado. Empujó lentamente el picaporte y entró. La habitación estaba débilmente iluminada porque las contraventanas estaban cerradas para bloquear la brillante luz del sol, pero la ventana estaba abierta para que, según las tradiciones sicilianas, el alma del difunto pudiera subir al cielo.

Cuando sus ojos se acostumbraron a la penumbra, distinguió la figura inmóvil sobre el lecho. Alfonso, su querido padrino, estaba muerto de verdad. Aquella dura realidad volvió a sacudirlo por dentro y solo cuando dio un paso adelante se dio cuenta de que había alguien más en la habitación.

Era Harper, que estaba sentada en silencio en una silla junto a la cama, con la cabeza inclinada y la mano de Alfonso entre las suyas. En cuanto lo vio, se puso de pie.

—Ah, eres tú —susurró con voz ronca—. Ya me voy.

—No tienes que irte —le dijo él vacilante.

—Sí, debo hacerlo —contestó ella, rehuyendo su mirada—. Querrás presentarle tus respetos a solas.

Vieri se acercó a ella y la tomó de la barbilla para que lo mirara, pero lo que vio hizo que se le encogiera el corazón. Tenía los ojos enrojecidos por el llanto, y sus mejillas aún estaban húmedas. Parecía tan triste que verla así se le hacía insoportable.

La firme decisión que había tomado de distanciarse de ella se evaporó, y le pasó un brazo por los hombros para atraerla hacia sí.

—Lo que te dije antes... lo siento mucho —comenzó a decirle, pero ella le puso una mano temblorosa en el pecho y lo apartó.

—Aquí no, Vieri. Este no es el momento, ni el lugar.

—No, por supuesto que no —asintió él, compungido, bajando la vista a su padrino.

Cuando volvió a alzar la vista, sus ojos se encontraron, y Harper le sostuvo un momento la mirada con una expresión inescrutable. Luego se dio la vuelta y se inclinó para plantar un suave beso en la frente de Alfonso.

–Me marcho –dijo irguiéndose y girándose de nuevo hacia él. Se echó el pelo hacia atrás y tragó saliva–. Nunca le he visto sentido a las largas despedidas.

–Lo comprendo –respondió él, haciéndose a un lado para dejarla pasar–. De todos modos los de la funeraria llegarán pronto.

Harper le dirigió una última mirada triste y salió de la habitación.

Vieri ocupó el asiento del que ella se había levantado y tomó la mano que ella había estado sosteniendo. Estaba fría al tacto. Se la llevó a los labios y la calentó con su aliento, solo un momento, antes de depositarla de nuevo con cuidado sobre la colcha. Miró el rostro de su padrino, tan familiar, tan querido, pero de algún modo ya distinto.

Lo echaría tanto de menos, a aquel hombre que siempre había estado a su lado, que siempre lo había guiado en su camino, poniéndolo en la dirección correcta, y que había impedido que cometiera el peor error de su vida. Nunca habían llegado a hablar de aquel asunto de Donatella. Alfonso sabía lo cabezota y orgulloso que era, y en vez de darle un sermón había conseguido astutamente alejarlo del peligro brindándole los medios para empezar una nueva vida.

De pronto se dio cuenta de que hasta el final había «conspirado» en la sombra para tratar de redirigir sus pasos en la dirección correcta. Su matrimonio con Harper... Alzó los ojos hacia el cielo. ¿Podría ser que el viejo pillo también hubiese acertado en eso? Desde luego no podía negar que pasar la noche con Harper lo había hecho sentir bien; mejor que bien.

Se levantó como un resorte, con el corazón desbocado. Su primer impulso fue correr tras ella, suplicar su perdón, pedirle que se quedara, pero hizo acopio de una fuerza de voluntad que no sabía que tenía, se obligó a permanecer donde estaba. No, no iría tras ella. Por su bien tenía que dejarla marchar.

Llamaron suavemente a la puerta, y entró Agnese, el ama de llaves.

—*Signore* Romano, pensé que querría saber que han llegado los de la funeraria.

—Sí, *grazie* —contestó Vieri. Abrumado por la pena, se inclinó para besar una última vez la mejilla de su padrino. Luego se irguió, inspiró profundamente, y añadió—. Diles que iré enseguida.

El sol brillaba sobre la escasa nieve que cubría los campos cuando el taxi se detuvo frente a la cabaña. Era extraño estar de vuelta en Craigmore, a pesar de que solo había estado fuera unas semanas. Todo estaba igual, pero a la vez parecía distinto, como si se hubiese producido algún cambio imperceptible. Pero luego, con una punzada de tristeza, se dio cuenta de que era ella la que había cambiado, y que ya no volvería a ser la misma.

Abandonar Sicilia, dejar atrás a Vieri, había sido muy doloroso. Pero seguía en pie, seguía respirando. Nadie se moría por un corazón roto. Lo superaría; sería fuerte y saldría adelante.

La primera prueba de fortaleza había sido contárselo a Leah. La había encontrado profundamente dormida cuando había ido a decirle que Alfonso había muerto y que Vieri había dicho que ella y el resto de invitados tenían que marcharse. Pero cuando había vuelto para decirle que ella también se iba, su hermana seguía en la cama.

—¡Leah!, ¿quieres levantarte ya? —la había increpado, destapándola con impaciencia—. Ya te lo he dicho; tenemos que irnos.

—¿Tenemos? —repitió Leah, incorporándose soñolienta—. ¿Pero es que tú te marchas también?

—Sí, te lo he dicho, Vieri quiere que se vaya todo el mundo.

—Pero tú no, ¿no? —insistió Leah, frunciendo el ceño—. Quiero decir que ayer él y tú parecíais tan bien avenidos...

—No fue más que teatro, Leah. Tú deberías saberlo —le espetó Harper.

Había empleado un tono duro y frío, pero era su manera de ocultar el dolor que sentía. No quería derrumbarse y romper a llorar.

—Pues si solo era teatro, sois muy buenos actores —apuntó Leah, mirándola con los ojos entornados—. A mí desde luego me engañasteis.

—Tampoco es que eso sea demasiado difícil, ¿no? —la increpó Harper—. Creo recordar que no hace tanto te engañó un tal Max Rodríguez y que el que perdieras todo ese dinero es la razón por la que estamos ahora en este lío. O más bien por la que estoy en este lío.

—Ya te he dicho cuánto lo siento –murmuró Leah, tomando su mano y mirándola implorante.

—Lo sé. Perdóname, Leah. No pretendo seguir castigándote por ello. Pero es que... –Harper inspiró, tratando de controlar sus emociones, consciente de que Leah estaba analizando cada uno de sus gestos y sus palabras–. Todo esto es demasiado para mí. La boda, la muerte de Alfonso...

—Claro, lo entiendo –murmuró Leah–. Siento mucho lo de Alfonso, de verdad. Parecía un hombre encantador, y sé cuánto afecto le tenías. Pero... –su rostro se iluminó–. Eso significa que tu calvario ya ha terminado –hizo una pausa y escrutó el rostro de Harper–. ¿No?

Si de verdad fuera así... Si hacerse pasar por la prometida de Vieri y luego casarse con él había sido un calvario, ahora, la idea de no volver a verlo nunca más era una auténtica tortura. Tragó saliva, y se centró en las cuestiones prácticas para no decirle cómo se sentía.

—Habría terminado... si no fuera porque ahora estamos legalmente casados.

—Bueno, pero imagino que el matrimonio se podrá anular, ¿no?

—No sé, sí, supongo que sí.

Eso había dicho Vieri. Pero en ese momento en lo único en lo que podía pensar era en alejarse de allí.

Había dado por hecho que volverían juntas a Glenruie, pero Leah, siendo Leah, tenía otras ideas.

–Entonces, ¿piensas quedarte en Glenruie cuando volvamos? –le preguntó su hermana de un modo casual, mientras iba de un lado para otro, guardando sus cosas en la maleta.

–Sí, claro –contestó Harper–. ¿Qué otra cosa iba a hacer si no?

–Es que me estaba preguntando... que si estás allí para echarle un ojo a papá... ¿podría ausentarme una semana o así? Tampoco necesita que estemos las dos pendientes de él.

–¿Y adónde piensas ir?

–Pues verás, es que... Jaco me ha invitado a ir a Licata con él, para enseñarme sus viñedos –dijo, como el que no quiere la cosa.

–¿No me digas?

–Y obviamente yo le he dicho que no, porque pensé que tenía que volver a Glenruie.

–Obviamente.

–Pero ahora...

Harper sacudió la cabeza, y hasta logró esbozar una pequeña sonrisa. Nunca había sido capaz de negarle nada a su hermana, y no veía ningún motivo por el que una de las dos no pudiera ser feliz. Además, Jaco parecía un buen tipo.

–Pero ni que decir tiene –murmuró su hermana– que si quieres que vuelva contigo, lo haré.

–No, no, no pasa nada –le aseguró Harper, tomando su mano–. Pero prométeme que no harás ninguna tontería.

–¿Quién yo? –contestó Leah con fingida inocencia, antes de darle un gran abrazo.

Y por eso había vuelto sola a Glenruie. Pagó al

taxista y tiró de la maleta hacia la casa, sintiéndose más desgraciada de lo que se había sentido nunca.

Vieri colocó la maleta sobre la cama y la abrió. Tenía que salir de allí cuanto antes y abandonar Sicilia. Volvería a Nueva York y retomaría su vida.

Ese día había enterrado a su padrino, y el funeral se había oficiado en la misma capilla en la que se había casado con Harper cuarenta y ocho horas antes.

Jamás se había sentido tan solo, pero la culpa era suya y de nadie más. Solo había una persona en el mundo que habría hecho aquel día más llevadero, Harper, y él la había echado de allí con cajas destempladas. Ahora que Harper no estaba sentía un tremendo vacío en su interior. Era como si una parte de él hubiera muerto. Él, que siempre había presumido de no necesitar a nadie...

Fue al armario y empezó a arrancar las camisas de las perchas. Descolgó también la chaqueta del traje que había llevado en la boda, e iba a meterla en la maleta, cuando sintió que había algo en el bolsillo. Metió la mano y sacó un sobre. El regalo de bodas de Alfonso. Lo había olvidado. Se sentó al borde de la cama y lo abrió. Dentro había una nota escrita a mano.

Querido Vieri:
Mi última voluntad es que aceptes el Castello di Trevente como mi regalo de bodas para vosotros. Sé que te había dicho que quería que todo mi patrimonio se dividiera entre las asociaciones benéficas con

las que colaboraba, pero espero que me concedas este pequeño cambio de opinión. Me haría muy feliz que vivierais aquí, que criarais aquí a vuestros hijos, y sé que nunca me lo negarías.

Tu padrino que te quiere,
Alfonso

Vieri dejó caer la cabeza en las manos, y cerró los ojos con fuerza, atormentado por un sentimiento de culpa y vergüenza. Recibir aquel generoso regalo de Alfonso y leer esas palabras tan optimistas era como echar un puñado de sal en una herida abierta. Harper y él jamás vivirían allí juntos, y mucho menos formarían allí una familia.

Se puso de pie, pasándose una mano por el cabello, angustiado, y metió la carta de Alfonso en la maleta antes de cerrarla. Más adelante le contaría a Harper lo del «regalo de bodas», cuando se hubiese calmado. Por él podía quedarse con el castillo para vivir en él, o venderlo. Le daba igual. Lo único en lo que podía pensar era en salir de allí.

Tomó la maleta y miró una última vez a su alrededor antes de salir de la habitación. Estaba impaciente por volver a Nueva York, por volver a su ordenada vida, la vida que había llevado antes de que todo se viniese abajo.

Capítulo 13

HARPER se quedó mirando la prueba de embarazo que sostenía en su mano temblorosa. No... Cerró los ojos con fuerza, negándose a creerlo. Era imposible, no podía ser verdad... Pero cuando volvió a abrirlos allí seguían las dos líneas rosas. No había duda: estaba embarazada. Embarazada... De pronto la cabeza le daba vueltas. ¿Qué iba a hacer?

Agarrándose al lavabo, se levantó y se miró en el espejo. Estaba embarazada...

—Harps, date prisa, necesito entrar. ¿Qué diablos estás haciendo? —llamó su hermana, sacudiendo la puerta.

Y el viejo cerrojo, que nunca había cerrado bien, se abrió, y Harper dio un respingo y se volvió, ocultando la prueba de embarazo tras la espalda.

—¡Ay, Dios!, ¡qué mala cara tienes! —dijo Leah—. ¿Estás enferma?

—No, no, estoy bien.

—Pues a mí no me lo parece. ¿Qué te ocurre?

—Nada, ya te lo he dicho. ¿Es que no puede una tener ni cinco minutos de paz en esta casa?

Leah dio un paso hacia ella.

—¿Qué escondes ahí detrás? —preguntó. Y, antes de

que Harper pudiera hacer nada, la rodeó y le quitó la prueba de embarazo de las manos. Al ver lo que era, se quedó boquiabierta–. ¿No me digas que estás...?

Harper suspiró temblorosa y asintió con pesadumbre.

–¡Ay, Dios mío! ¿Es de Vieri?

Harper volvió a asentir.

–Pero dijiste...

–Lo sé, Leah. Solo lo hicimos esa noche, la noche de bodas.

–Madre mía... ¿Y qué vas a hacer?

Cuando a Harper empezaron a rodarle las lágrimas por las mejillas, Leah arrancó un buen trozo de papel higiénico y se lo tendió. Harper lo tomó y se sonó la nariz.

–No... no lo sé. Quiero decir... pienso tenerlo, por supuesto. Y en algún momento tendré que decírselo a Vieri.

–Pues no esperes mucho para hacerlo –dijo Leah, secándole la cara con una toalla pequeña–. Cuanto más tardes, más te costará.

¿Cómo iba a lidiar con aquello? No se trataba solo del embarazo, o del parto, ni de la perspectiva de criar a un hijo sola, sino del hecho de que aquel hijo era de Vieri.

Se había esforzado tanto para intentar olvidarlo, para apartarlo de su mente... Aunque no podía decirse que lo hubiera conseguido. Habían pasado seis semanas desde su regreso a Escocia, seis semanas de soledad, de tormento, sin ningún contacto con él. Y en vez de sentir alivio alguno, con cada semana que pasaba se sentía más desgraciada. Más aún, a pesar de que se mantenía todo lo ocupada que podía, vigilando a su padre como si fuera su sombra, ayudándolo con su trabajo y haciendo más turnos en Craigmore Lodge, no podía dejar de pensar en Vieri.

Y ahora aquello... Un bebé... Un hijo que los ataría para siempre. Porque estaba segura de que insistiría en tener parte en la vida del pequeño. ¿Y si intentase arrebatárselo, si intentase quitarle la custodia?

—No pongas esa cara de preocupación, mujer —le dijo Leah, abrazándola de nuevo—. Todo va a ir bien. Me tendrás todo el tiempo a tu lado.

Harper esbozó una débil sonrisa, y la abrazó ella también aunque, tratándose de Leah, esas palabras no la tranquilizaban demasiado.

Harper se incorporó un poco, apoyándose en los almohadones, para comprobar cómo se sentía. Parecía que los calambres habían parado del todo. Debían haber pasado por lo menos un par de horas desde el último. Suspiró aliviada y se dijo que quizá todo iba a salir bien.

El primer espasmo la había despertado esa mañana muy temprano. Lo había notado en la parte baja del abdomen. No había sentido dolor, pero había tanteado en la oscuridad para encender la lámpara de la mesilla, y se había quedado quieta, muy quieta. Luego había sentido un segundo, seguido de un tercero, y el miedo de que pudiera ser algo malo se había apoderado de ella. Se había bajado con cuidado de la cama, rogando por que estar de pie la aliviara, pero seguía notando nuevos calambres.

Solo habían pasado dos semanas desde que se había hecho la prueba de embarazo, pero la idea de perder el bebé era demasiado aterradora como para considerarla siquiera. Aquel bebé era más importante, más preciado para ella que cualquier otra cosa en el mundo. Le daba igual qué obstáculos tuviera que superar, o lo duro que se le hacía pensar en que aquello la ataría a Vieri. Iba a luchar por llevar a término el embarazo.

Se había vestido, había bajado despacio las escaleras para no despertar a Leah, pero para su sorpresa la había encontrado en la cocina, tomándose una taza de té. Según parecía se había levantado para prepararle el desayuno a su padre, que se había marchado ya.

Y, por supuesto, con solo mirarla a la cara su hermana se había dado cuenta de que algo no iba bien. Negándose a aceptar un no por respuesta, la había subido al Land Rover y la había llevado al centro de salud del pueblo justo cuando estaban abriendo.

Después de que le explicara lo que le ocurría, la doctora, que había disimulado su sorpresa de que Harper, a quien conocía desde niña, estuviera embarazada de un extraño, le había hecho un chequeo y le había dado cita para una ecografía.

—Intenta no preocuparte, es pronto y no podemos descartar por completo que haya algún problema, pero a veces se producen esos calambres cuando el feto está asentándose. Vete a casa, haz un reposo en cama de veinticuatro horas y deja que tu hermana cuide de ti —le había dicho, dándole unas palmaditas en la mano.

Por eso ahora estaba tumbada en la cama, sin nada que hacer y con demasiado tiempo para pensar. Y claro, inevitablemente todos sus pensamientos giraban en torno a Vieri. Colocó los almohadones para estar más cómoda y se quedó incorporada, mirando las montañas recortadas contra el cielo gris a través de la ventana.

Estaba enamorada de él. Era así de simple, y así de complicado. Pero él aún no sabía que estaba embarazada. Cerró los ojos para intentar dormir un poco, y se prometió que encontraría el valor para decírselo tan pronto como supiese con seguridad que estaba todo bien.

Si había seguido bien las indicaciones que le habían dado, aquella debía ser la cabaña de los McDonald, se dijo Vieri, aparcando el coche que había alquilado. Cuando salió estaba empezando a llover, así que corrió hasta la puerta y dio un par de golpes con la aldaba de bronce. El corazón le latía como un loco. Había decidido que tenía que ver a Harper, disculparse con ella. En todo ese tiempo no había podido dejar de pensar en ella, y por eso había volado hasta allí desde Nueva York.

Dentro se oyó a un perro ladrar, y una voz femenina diciéndole que se callara. Luego pasos y las pisadas del perro. Inspiró y echó los hombros hacia atrás.

La puerta se abrió, pero quien apareció en el umbral no era Harper, sino Leah, que retuvo al perro agarrándolo por el collar y se quedó mirándolo boquiabierta.

—¡Vieri! ¿Qué haces tú aquí?

A Vieri le pareció advertir una nota de pánico en su voz.

—He venido a ver a Harper.

—Pues, lo siento, pero... no es un buen momento.

—No me importa esperar.

—Es que... bueno, Harper está en la cama. No se encuentra bien.

—¿Qué quieres decir? —inquirió él alarmado—, ¿qué tiene?

Leah balbució algo incomprensible y cuando él dio un paso adelante no le quedó más remedio que dejarlo entrar.

—Está bien, ven a la cocina —le dijo, arrastrando al perro por un estrecho pasillo.

Vieri la siguió, y al entrar vio que había conseguido que el perro se echara en su cesto.

—¿Te apetece una taza de café, o de té? —le preguntó, como nerviosa, volviéndose hacia él.

—No, no quiero nada —respondió él. Cuanto más la miraba, más convencido estaba de que allí pasaba algo raro—. ¿Vas a decirme qué le pasa a Harper? ¿Es que está enferma?

—Bueno... no, no exactamente.

—¿Qué significa eso?

—Significa que no está enferma en el sentido convencional de la palabra.

—¡Por amor de Dios, Leah! Me niego a seguir aquí de pie escuchando tus acertijos. O me dices qué le pasa a tu hermana ahora mismo, o subiré esas escaleras y lo averiguaré yo mismo.

—¡No! —exclamó Leah, agarrándolo por la manga—.

No lo hagas. Necesita tranquilidad. No debe estresarse.

–Pues entonces dime qué es lo que pasa.

–¡Es que no puedo! Harper me hizo prometerle que no te diría nada.

–¿Sobre qué? –le preguntó Vieri, a quien empezaba a hervirle la sangre en las venas–. Tienes tres segundos, Leah.

–¡Sobre el bebé! –dijo ella de sopetón–. ¡Ay, Dios...! –murmuró, llevándose las manos a la boca–. Harper me va a matar.

Pero Vieri ya no estaba escuchándola. Estaba furioso, tenía los puños apretados y todo su cuerpo temblaba de ira. Las palabras de Leah resonaban en su mente. De modo que Harper estaba embarazada... O al menos lo había estado... Cerró los ojos con fuerza, espantado, al comprender que ya debía haber abortado. ¿Por qué sino iba a estar Harper en la cama? ¿Y qué otra razón podía haber para el nerviosismo de Leah? Se sentía culpable.

Había vuelto a hacerlo, había vuelto a bajar la guardia, a confiar en alguien que luego le daba una puñalada trapera. Primero Donatella y ahora Harper...

Cuando se dirigió hacia la puerta de la cocina, Leah trató de impedirle el paso poniéndole las manos en el pecho.

–No, Vieri, no debes subir.

–Apártate, Leah.

–No, la doctora dijo que debía descansar.

–He dicho que te apartes.

El perro se había levantado y estaba gruñéndole.

Vieri pasó por delante de ambos y fue hacia las escaleras. Leah encerró al perro en la cocina y fue tras él.

–Vieri, por favor, te lo suplico –lo llamó desde el pie de las escaleras–. No la alteres. No debería habértelo dicho, pero ya está hecho...

«Ya está hecho...», esa era la prueba, pensó Vieri, que ya estaba arriba, mirándola repugnado. Se detuvo frente a la única puerta cerrada, suponiendo que Harper estaba allí, y la abrió.

Capítulo 14

LOS GOLPES en la puerta y los ladridos de Timmy habían despertado a Harper de su siesta. Oyó a Leah abrir la puerta, y lo que oyó después la dejó paralizada. Una voz de hombre, profunda, con tono impaciente. ¡Vieri! No, era imposible...

«¡Ay, Dios!». Con el corazón desbocado, Harper intentó pensar de un modo racional. ¿Qué podía estar haciendo allí? ¿Y por qué de repente parecía como si algo hubiese succionado el oxígeno en la habitación? Se obligó a calmarse, aunque solo fuera por el bien del bebé, pero un millar de pensamientos dispares cruzaban por su cabeza mientras trataba de pensar cómo iba a hacerle frente, qué iba a decirle.

Ensayó las palabras en su mente: «Estoy embarazada, Vieri. Pero pienso criar yo sola al niño». No, eso sonaba demasiado conflictivo. «Creo que cualquier decisión con respecto al futuro del niño debería ser yo quien la tomase». ¡Como si él fuese a aceptar eso!

Sin embargo, antes de que su pobre y aturullado cerebro pudiese pensar algo remotamente viable, oyó un escándalo abajo. Timmy estaba gruñendo y Leah suplicaba y Vieri... Vieri parecía tan enfadado... Estaba furioso. Oyó sus pesados pasos subiendo las escaleras, como los truenos de una tormenta, y entonces la puerta se abrió.

Vieri se quedó mirando a Harper. Apoyada en unos almohadones, tenía agarrado el edredón con ambas manos bajo la barbilla, como si creyese que podría protegerla. Pues se equivocaba. Nada podría protegerla de su ira. Resopló y avanzó hacia ella.

–¡Lo siento, Harper, no he podido detenerlo! –exclamó Leah desde el umbral de la puerta, detrás de él.

Harper bajó las manos y se irguió.

–No pasa nada, Leah, puedes irte –le dijo.

–No, no pienso dejarte sola.

–Por favor, Leah.

–Ya has oído lo que ha dicho –le dijo Vieri mirándola por encima del hombro, en un tono gélido que no admitía desobediencia.

Cuando Leah se fue, cerrando tras de sí, Vieri hundió las manos en los bolsillos del abrigo y se quedaron mirándose el uno al otro un buen rato. Finalmente fue Harper quien rompió el silencio.

–¿Qué estás haciendo aquí?

–Puedes dejar de fingir –dijo Vieri, avanzando hacia la cama–. Leah me lo ha contado.

Harper palideció.

–Escucha, sé que debería habértelo dicho antes, pero...

–¿Pero qué?

–Pero necesitaba aclararme primero para arreglar las cosas.

–¿Así es como lo llamas?, ¿arreglar las cosas? –casi rugió él.

Harper se quedó mirándolo aturdida. Había esperado que reaccionara con sorpresa, y quizá con enfado, pero no de esa manera. Se lo veía tan tenso, y estaba tan furioso...

Apartó la ropa de la cama para levantarse y alargó la mano hacia su brazo con intención de aplacarlo, pero Vieri se apartó, como asqueado.

–Mira, sé que no te esperabas esto –le dijo Harper–, pero si pudiéramos sentarnos y hablarlo con calma...

–Es un poco tarde para eso –masculló él con odio.

–Si te hace sentir mejor, estoy dispuesta a cargar con toda la responsabilidad.

–¿Mejor? –repitió Vieri. Soltó un improperio en italiano–. ¿Crees que eso va a hacerme sentir mejor? ¿Es que estás loca?

Harper lo miró de hito en hito. Si alguien no estaba en sus cabales, era él. Nunca lo había visto así, y no entendía por qué le estaba gritando de esa manera, como si toda la culpa fuese suya.

–¿Por qué te comportas así? –le espetó cruzándose de brazos.

–¿Cómo se supone que debo comportarme? ¿Cómo debería comportarse un hombre que se ha enterado de que su... su esposa... ha decidido, de forma unilateral, poner fin a su embarazo?

Harper se quedó mirándolo con el ceño fruncido, totalmente confundida.

–¿Qué?

–Lo que has oído.

–¿Crees... crees que he abortado?

–No te atrevas a insultar mi inteligencia intentando negarlo. Leah me ha dicho la verdad.

–No, Vieri, no te ha dicho la verdad –Harper le puso las manos en los hombros–. O, cuando menos, sea lo que sea lo que te ha dicho, la has entendido mal.

Vieri notó como le temblaban las manos a Harper. Escrutó su rostro, intentando comprender. Veía dolor y confusión en sus ojos, pero no culpabilidad. ¿Lo había entendido mal como ella le estaba diciendo? De pronto un terrible pensamiento cruzó por su mente. ¿Y si había perdido el bebé, si lo que había pasado era que había sufrido un aborto natural?

–Harper –le suplicó, tomando su rostro entre ambas manos y mirándola a los ojos–: por favor, dime qué es lo que he entendido mal.

–No me he deshecho de nuestro bebé, Vieri –respondió ella, sin apartar los ojos de los de él–. Jamás haría algo así.

«Nuestro bebé...». Vieri cerró los ojos un momento, abrumado por esas palabras.

–Pero entonces... –murmuró abriéndolos de nuevo–... ¿lo has perdido? –inquirió, con un nudo en la garganta.

–No –Harper sacudió la cabeza y quitó las manos de sus hombros para llevárselas al vientre–. Pensé que era lo que había pasado esta mañana, cuando me desperté con calambres, pero fui al centro de salud y la doctora me dijo que...

–¿Todavía estás embarazada? –inquirió Vieri, esperanzado, tomándola de la barbilla para mirarla a los ojos.

–Sí –contestó ella, con grandes lagrimones rodándole por las mejillas–. Sí, lo estoy.

–¡*Grazie, Dio!*

La atrajo hacia sí, aliviado, estrechándola entre sus brazos. Harper se apartó un poco, y alzó el rostro hacia él, confundida.

–¿Te alegras?

–Pues claro que me alegro –respondió él. Pero, al ver lo inquieta que parecía Harper, volvió a asaltarlo el temor–. ¿Qué dijo la doctora?

–Que debía descansar, y que si los calambres cesaban y no vuelven a darme, no debería haber ningún problema –le explicó Harper. Sollozó, secándose la lágrimas con el dorso de la mano–. Me ha dado cita para una ecografía dentro de un par de días.

–¿Y han parado, los calambres?

Harper asintió.

–No he vuelto a tener ninguno desde hace varias horas.

–Entonces está todo bien, ¿no? –inquirió él aliviado.

–Sí, está todo bien –respondió ella con una sonrisa trémula.

Sí, todo estaba bien, mejor que bien, pensó Harper, pero tener a Vieri allí había reavivado otro dolor que nada tenía que ver con su embarazo. Lo quería tanto... Volver a verlo después de esas semanas separados la hizo aún más consciente de su amor por él.

–Deberías volver a acostarte –dijo Vieri. La alzó en volandas y la llevó a la cama–. Así –dijo arropándola y apartándole un mechón de la frente–. Tienes que descansar.

La desproporcionada reacción que había tenido Vieri con lo del embarazo la había sorprendido. Bueno, su enfado al pensar que había abortado era comprensible, aunque sospechaba que muchos hombres habrían recibido una noticia así con alivio. Claro que Vieri no era como otros hombres. Era orgulloso, y fuerte, y volver a verlo la hacía sentirse como si el corazón le fuese a estallar.

Pero Vieri no le pertenecía. Y aunque ahora que sabía la verdad su actitud había cambiado por completo y parecía tan feliz por lo del bebé, eso no significaba que nada hubiese cambiado.

–¿Por qué has venido, Vieri? –le preguntó–. ¿Cómo es que no me dijiste que ibas a venir?

–Fue un impulso –contestó él, quitándose el abrigo y acercando una silla a la cama para sentarse.

–Pero... ¿por qué? –insistió ella.

–Quería verte –respondió él, como si fuera lo más natural del mundo, tomando su mano y entrelazando sus dedos con los de ella–. Aunque mi intención no era irrumpir aquí como una fiera salvaje. Perdóname.

–No importa. Estabas enfadado.

–No, claro que importa. Mi comportamiento es imperdonable. Sobre todo cuando tú necesitas reposo y tranquilidad.

–Pero no ha pasado nada –replicó ella, tranquilizándolo con una sonrisa.

–Gracias a Dios no –respondió él muy solemne–, pero te debo una explicación.

–No, en serio, no es necesario que...

Vieri le puso un dedo en los labios para que lo dejara hablar.

–Sí que lo es, Harper. Hay algo que debo decirte –murmuró. Pero vaciló, y Harper entrevió en sus facciones que estaba librando una batalla consigo mismo–. Hace muchos años concebí otro hijo. Yo tenía dieciocho años y creía que era el amor de mi vida, pero resultó que estaba equivocado.

–Vieri... –murmuró Harper, apretándole la mano.

–Ella abortó sin decirme siquiera que estaba embarazada. Me enteré por casualidad un tiempo después.

–Es horrible –dijo Harper, que de pronto comprendió–. ¿Y pensaste que yo había hecho lo mismo?

Vieri se encogió de hombros, avergonzado.

–Una estupidez por mi parte, lo sé. Saqué conclusiones apresuradas. Perdóname, Harper.

–No hay nada que perdonar. Es evidente que esa chica te hizo mucho daño.

–Esa es la cuestión, que no era una chica, sino una mujer –Vieri vaciló de nuevo antes de inspirar profundamente y añadir–. Era Donatella.

Donatella... De pronto Harper comprendía muchas cosas. Aquella mujer, cuya oscura presencia había estado siempre flotando en el aire... Aquella mujer que ella había sospechado desde un principio que había significado más para Vieri de lo que él estaba dispuesto a admitir. Ahora sabía la verdad.

–¿Y aún la amas? –le preguntó en un hilo de voz, soltándole la mano.

–¡No! –exclamó Vieri de inmediato, con vehemencia. Quizá con demasiada vehemencia, pensó ella–. ¿Qué te hace pensar eso?

Harper bajó la vista, incapaz de mirarlo a los ojos, porque temía lo que pudiera ver en ellos.

—El modo en que reaccionaste cuando te dije que había sido ella quien había escogido mi vestido para el baile. Y cómo te comportaste conmigo después de la muerte de Alfonso. Parecías como poseído... o un hombre enamorado.

—¡No! —exclamó Vieri de nuevo, atónito.

Miró a Harper, que seguía con la cabeza agachada. Sus rizos cobrizos le caían sobre la cara y no podía ver su expresión. ¿Cómo podía haberlo interpretado de una manera tan equivocada? Claro que tampoco debería sorprenderlo, después de cómo la había tratado, pensó, lleno de vergüenza. Tenía que intentar aclarar las cosas.

Se levantó y fue hasta la ventana y se quedó mirando un momento el lluvioso paisaje antes de volverse de nuevo hacia ella.

—Te prometo, Harper, que el amor que sentía por Donatella murió hace mucho tiempo. Ahora lo único que siento hacia ella es ira. Eso es lo que has visto, no amor.

—Pero... ¿tanta ira? ¿Después de tantos años? Cualquiera pensaría que habrías sido capaz de dejarlo atrás, de superarlo.

Tenía razón. Había arrastrado esa ira durante demasiado tiempo. Se había convertido en una especie de obsesión que desataba en él deseos de venganza. Se acercó a los pies de la cama y cerró las manos sobre la barandilla de hierro.

—Sé lo importante que la familia es para ti, Harper. He visto cómo te preocupas por tu padre y tu hermana. Y, a pesar de la impresión que haya podido darte por las cosas que te he dicho, te admiro por ello. Pero yo crecí sin una familia –le explicó–. Aparte de Alfonso, nadie me enseñó a amar, ni lo que era ser querido. Cuando Donatella abortó, al acabar con la vida de ese niño, a alguien que era sangre de mi sangre, impidió que pudiera tener por fin una familia. A alguien a quien pudiera querer. Por eso mi reacción fue tan desproporcionada.

–Mi pobre Vieri... –murmuró Harper, apartando las sábanas para sentarse a los pies de la cama y poner las manos sobre las suyas.

–Y creo que esa es la razón por la que en todos estos años no he sido capaz de superarlo –terminó de explicarle Vieri, para sincerarse por completo con ella, y consigo mismo.

–Lo entiendo –dijo Harper acariciándole la mejilla con el dorso de la mano.

Era curioso que un gesto tan sencillo pudiera hacerlo sentirse tan bien, pensó Vieri, sintiendo que se derretía por dentro.

–Y entiendo que esas emociones se reavivaran cuando pensaste que yo había hecho lo mismo –añadió Harper.

–No –replicó Vieri, dándose cuenta de repente de que eso no era cierto. Tomó su mano–. No, esto es distinto. La razón por la que reaccioné de un modo tan violento es porque... porque quiero este bebé. Lo deseo tanto...

–Comprendo –musitó Harper, soltando su mano y echándose hacia atrás.

Vieri advirtió una nota de recelo en su voz.

–No, lo comprendes –dijo sentándose a su lado–. Esto no tiene nada que ver con mi niñez, ni con lo que me hizo Donatella, ni con que jamás tuviera una familia. Es porque este bebé es nuestro, Harper, tuyo y mío. Por eso es tan especial –la tomó de la barbilla y la miró a los ojos.

Además de la vulnerabilidad que veía en ellos, había también tal ternura, tal compasión, que algo cambió en su interior. Fue como si un rayo de brillante luz atravesara las sombras de su pasado, y se dio cuenta de que la ira que tanto tiempo había albergado de repente había desaparecido, que milagrosamente se había evaporado.

Tomó las manos de Harper y le dijo:

–Tengo tantas cosas que agradecerte –murmuró, escogiendo las palabras–. Eres la mujer más increíble, hermosa y cariñosa que he conocido. Pero ya va siendo hora de que alguien cuide de ti. Y yo quiero ser esa persona. A partir de ahora voy a cuidar de ti, de ti y del bebé. Te prometo que no os faltará nada.

Harper se quedó callada. Veía la sinceridad en sus ojos, la oía en su voz, y casi creyó, por una vez, que ella era lo único que le importaba. Casi. Sacudió la cabeza.

–No tienes por qué hacer eso

–Ya lo creo que sí –murmuró él, acariciándole las palmas con los pulgares–. A partir de ahora lo más importante para mí seréis nuestro hijo y tú. Vuestra felicidad lo es todo para mí.

–Vieri... Yo...

Harper apartó las manos, se bajó de la cama y se dio la vuelta hacia él. Le temblaban los labios y la voz, como si fuera a echarse a llorar.

–Harper, por favor –le suplicó levantándose él

también y tomándola de las manos de nuevo–. Tienes todo el derecho a odiarme después de cómo te traté, pero deja que intente compensártelo.

–Es que esa es la cuestión, Vieri, que no te odio –replicó ella, y las lágrimas empezaron a caer en silencio por sus mejillas–. Jamás podría odiarte, aunque casi quisiera poder hacerlo.

–Pero... ¿por qué? –inquirió él frunciendo el ceño.

–Porque odiarte sería muchísimo más fácil –Harper hizo una pausa e inspiró–. Lo difícil es amarte.

Lo había dicho. Como si se hubiera arrojado por un precipicio, se sintió como si cayera en picado, y como si todo diera vueltas a su alrededor.

–¿Qué estás diciendo, *cara*? –inquirió Vieri, escudriñando en sus ojos en busca de respuestas.

–Estoy diciendo que te quiero, Vieri. Con todo mi corazón.

Con las lágrimas agolpándosele en la garganta, esperó a que Vieri procesara lo que acababa de decirle, y se abstuvo de intentar analizar las cambiantes expresiones que cruzaban por su rostro. Finalmente, en silencio, la rodeó con los brazos y la estrechó fuertemente contra sí.

–¿Pero por qué lloras, *cara*? –susurró contra su pelo.

–Porque... jamás pretendí que pasara esto –balbució ella, con el rostro hundido en su pecho. Las palabras salían de sus labios como un torrente–. Sé que tú no sientes lo mismo, pero no me importa, porque sé que seremos unos buenos padres, y criaremos juntos a nuestro hijo, y no espero que tú me correspondas...

–¡Harper!

–... y detestaría que creyeras que tienes que quedarte conmigo por lástima. Sería horrible y...

–¡Harper, para! –Vieri se apartó de ella para mirarla a la cara–. Déjame hablar; necesito decirte algo –se llevó una mano al pecho–. Tú lo eres todo para mí, Harper. Todo. Con o sin el bebé, eres el centro de mi universo. Mi vida no tendría sentido sin ti.

Una sensación embriagadora la invadió, haciendo que se sintiera temblorosa, dejándola sin palabras. Pero Vieri aún no había acabado de hablar.

–Porque te amo, Harper. Con todo mi ser. Y lo único que lamento es que haya tardado tanto en darme cuenta –la tomó otra vez de las manos–. Te quiero, Harper, y quiero pasar contigo el resto de mi vida. Si tú también lo quieres, por supuesto.

–Yo... yo... –balbució ella, con los ojos llenos de lágrimas.

Los labios de Vieri descendieron sobre los suyos. Al principio fue un beso tierno, pero pronto se tornó apasionado, y ya no estaban besándose solo con los labios, sino con toda el alma y todo el corazón.

–¿Puedo tomarme eso como un sí? –le preguntó Vieri cuando pararon para tomar aliento.

–Sí, es un sí –respondió ella con ojos brillantes.

Vieri rozó sus labios contra los de ella.

–Estaba preguntándome... –murmuró mirando hacia atrás por encima de su hombro–. ¿Crees que en esta cama hay sitio para dos?

Harper tomó su mano con una enorme sonrisa.

–Querrás decir para tres.

–Es verdad, para tres –murmuró él, sacudiendo la cabeza–. Soy el hombre más afortunado del mundo.

Fuera la lluvia había parado, y un hermoso arco iris atravesaba el cielo. Que fuera solo una coincidencia meteorológica, o la manera de la Madre Naturaleza de celebrar su amor no importaba. Acurrucados en la cama el uno en brazos del otro, Vieri y Harper sabían que, pasara lo que pasara, su felicidad y su amor durarían toda la vida.

Bianca

**Estaba en deuda con el millonario…
y él estaba dispuesto a cobrar**

REHÉN DE
SUS BESOS

Abby Green

Nessa debía apelar al buen corazón del famoso millonario Luc Barbier para poder defender la inocencia de su hermano. ¡Pero Luc era el hombre más despiadado que ella había conocido en su vida! Su única opción era permanecer como rehén hasta que la deuda contraída por Paddy estuviera saldada. Sin embargo, cuando ambos sucumbieron a la poderosa atracción que los envolvía, ella comprendió que su inocencia era el precio que pagaría por su romance.

DESEO

*Fuera lo que fuera lo que había sucedido
la noche del apagón les cambió la vida*

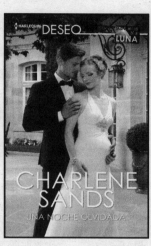

Una noche olvidada

CHARLENE SANDS

Emma Bloom, durante un apagón, llamó a su amigo Dylan McKay para que la socorriera. El rompecorazones de Hollywood acudió a rescatarla y a dejarla sana y salva en su casa. Emma estaba bebida y tenía recuerdos borrosos de aquella noche; y Dylan había perdido la memoria tras un accidente en el rodaje de una película.

Sin embargo, una verdad salió pronto a la superficie. Emma estaba embarazada de un hombre acostumbrado a quitarse de encima a las mujeres que querían enredarlo. Pero Dylan le pidió que se casara con él. Hasta que, un día, recuperó la memoria...

Bianca

Su jefe necesitaba una esposa...

UN AMOR
SIN PALABRAS

Lucy Monroe

Descubrir que su jefe, el magnate Andreas Kostas, tenía intención de casarse fue un golpe devastador para Kayla. Pero entonces Andreas le propuso que fuera ella quien llevase su anillo de compromiso.

Seis años atrás, Kayla había experimentado el incandescente placer de sus caricias y había escondido su amor por él desde entonces.

Era la proposición que siempre había soñado, pero ¿se atrevería a arriesgar su corazón sabiendo que Andreas no creía en el amor?